DAS HERZ EINES COWBOYS

Die Holden Brüder –
Die Cowboys von Mule Hollow, Buch Eins

Kuppeln für ganz schwere Fälle

DEBRA CLOPTON

Das Herz eines Cowboys

Wenn sie nur ihre Vergangenheit überwinden könnten, würden sie gute Ehemänner abgeben.

Als Kinder wuchsen Kurt Holden und seine Brüder in wenig guten Verhältnissen auf, bis sie ihr Zuhause verlassen haben, um es im Rodeozirkel zu schaffen. Jetzt hat Kurt eine Ranch gekauft und ist entschlossen, sie zu erweitern, damit seine Brüder ein Erbe haben, das nichts mit den Altlasten ihrer Vergangenheit zu tun hat. Eine Frau zu finden steht nicht auf seiner To–Do–Liste.

Doch er rechnet nicht damit, dass die selbstbewusste Mandy Brown mit ihrem unleugbaren Charme und ihrer Entschlossenheit in die Stadt kommen würde, um *ihre* Rodeo–Träume zu verwirklichen.

Jetzt bekommt er sie nicht aus dem Kopf, und wenn es nach den Kupplerinnen von Mule Hollow geht, wird er sie auch bald in seinem Herzen haben.

KAPITEL EINS

Ihr Timing war alles andere als ideal. Mandy Brown war kein bisschen glücklich darüber, als sie und ihr Pferd Murdoch das letzte Fass in der Arena umrundeten. Sie waren zu weit vom Fass entfernt, und es war allein ihre Schuld. Der arme Murdoch gab alles und sie nicht. Ihr Verstand – ihre Konzentration war einfach nicht dort, wo sie sein sollte ...

Es lag auch nicht an den Fässern, die sie umrundete, dank der großartigen Gelegenheit, hier in dieser wunderschönen, überdachten Arena trainieren zu können, die ihrer Cousine Lacy Brown Matlock und deren Ehemann Clint Matlock gehörte. Es war eine wunderbare Anlage am Stadtrand von Mule Hollow – das zufällig die süßeste Kleinstadt in Texas war, die

Mandy jemals gesehen hatte. Sie hätte sich ehrlich gesagt nichts Besseres wünschen können. Doch trotz all dieser perfekten Bedingungen wanderte ihr Verstand zu ihrem Vater, anstatt sich auf das Barrel Racing zu konzentrieren.

„Konzentrier dich, Mandy", murmelte sie und spürte, wie die Muskeln ihres Pferdes arbeiteten, während das mächtige Tier das Fass umrundete. Sie stieß ihre Fersen in seine Flanken, da sie wusste, dass sie jedes bisschen extra Tempo brauchten, das sie erreichen konnten. Sie drängte Murdoch, noch ein klein wenig schneller zu sprinten, als sie auf den Timer zuritten.

Vergebung. Das Wort kam ihr in den Sinn wie das Trappeln von Murdochs Hufen. Sie hatte daran gedacht, seit sie an diesem Morgen aufgestanden war, und man konnte es an ihrem Ritt sehen. *Wie soll ich ihm vergeben?*

„Halt", befahl sie sich mit zusammengebissenen Zähnen. „Konzentrier dich!" Sie verdrängte alle Gedanken und versuchte sich darauf zu konzentrieren, wie sie sich mit Murdoch bewegte. Kein Zweifel, ja, ihre Zeit würde grottenschlecht sein.

Sie überquerte die Zeitlinie, zog die Zügel an und lehnte sich mit Murdoch zurück, als der Graue seine Hufe in den Dreck grub und langsamer wurde. Mit eingezogenem Nacken zwang sie sich, auf die digitale Zeitanzeige zu blicken. Ihr Herz sank angesichts der Zahl, obwohl sie bereits gewusst hatte, dass es keine gute Zeit sein würde. Einige wären mit dieser Zeit zufrieden – sie jedoch nicht. Wenn sie gewinnen wollte, musste ihre Zeit besser als gut sein.

Und Mandy Brown war hier, um zu gewinnen.

Das war ihre Chance, und sie hatte nicht vor, sie zu verschwenden. Sie musste nur ihren Kopf zurück ins Spiel bringen.

In den letzten Wochen war so viel in ihrem Leben auf den Kopf gestellt worden.

Als Mandy ihren Job gekündigt und die Wirtschaftsprüfungsgesellschaft ihres Vaters verlassen hatte, hatte sie nicht gewusst, was sie tun würde.

Unsicher und verwirrt hatte sie ihre Cousine Lacy Matlock angerufen.

Lacy hatte darauf bestanden, dass Mandy zu ihr und ihrem Ehemann Clint kam. Die Kleinstadt Mule Hollow, in der sie lebten, veranstaltete in einem Monat ein riesiges Rodeo, und Lacy wollte, dass Mandy daran teilnahm. Sie hatte sogar darauf bestanden, dass Mandy helfen könnte, sich um ihr Baby Tate zu kümmern, wenn sie sich Sorgen um einen Job machte.

Mandy hatte einen Job gebraucht, doch sie war so wütend gewesen, als sie gekündigt hatte, dass sie nicht wirklich darüber nachgedacht hatte. Es wäre wunderbar, auf ein süßes Baby aufzupassen, während sie die Chance nutzte, ihren alten Traum, professionelle Barrel Racerin zu werden, wiederzubeleben. Mandy hatte ihre Koffer gepackt, ihre Möbel eingelagert und war nach Mule Hollow gefahren.

Sie war froh, hier zu sein. Froh, eine Familie zu haben, die für sie da war. Sie konnte so viel üben wie sie wollte, und wenn das Rodeo in drei Wochen stattfinden würde, wusste sie, dass sie eine echte Chance auf den Sieg haben konnte. Sie brauchte das. Mandy wusste genauso gut wie Lacy, dass die Trennung ihrer Eltern sie zutiefst getroffen hatte.

„Hör auf, darüber nachzudenken", murmelte sie. Sie beugte sich vor und tätschelte Murdochs Hals. „Mach dir keine Sorgen, Junge, wir werden fleißig üben, damit dir nichts peinlich sein muss."

Als wäre er erleichtert nickte er mit dem Kopf und tänzelte ein paar Schritte. Trotz ihrer schlechten Punktzahl schmunzelte Mandy. „Du bist das eitelste Pferd, das ich kenne, und ich liebe dich."

Das tat sie wirklich. Das arme Pferd war in den letzten Jahren auf die Weide geschickt worden, während sie durch ihre Karriere abgelenkt gewesen war. Abgelenkt davon, ihrem Vater gefallen zu wollen und das zu tun, was von ihr erwartet wurde. Aber das war jetzt vorbei. Es war kein Problem mehr.

Vergebung schon.

„Okay, das ist lächerlich. Lass es uns nochmal machen, Murdoch. Und dieses Mal werde ich alles geben, so wie du alles gibst."

Während sie zu der riesigen, überdachten Arena aufblickte, schloss sie die Augen und stellte sich die Tribünen voller Zuschauer vor, die hier waren, um sich ein Rodeo anzusehen. Auf keinen Fall würde sie hier rauskommen und sich *oder* Murdoch in Verlegenheit bringen, indem sie einen schlechten Lauf ablieferte. Auf keinen Fall! Sie atmete tief durch und versuchte, ihre Gedanken zu beruhigen und sich zu konzentrieren.

„Du kannst es schaffen", flüsterte sie. Sie schloss noch einmal die Augen und ließ die Stille der riesigen Arena ihre Sinne erfüllen.

Sie öffnete die Augen, presste ihre Lippen aufeinander und richtete ihre Aufmerksamkeit auf die Fässer.

Sie ritt wieder um diese Fässer herum; doch diesmal ging sie sie an wie das Cowgirl, das sie einmal gewesen war.

Das Cowgirl, das sie in Mule Hollow wiederfinden wollte.

Und um das zu tun, sollte sie besser den Kopf klar bekommen, sich konzentrieren und aufhören, sich von dieser Vergebungssache verrückt machen zu lassen.

Weil Vergebung gerade einfach nicht in ihrem Herzen war.

„Das Cowgirl kann reiten." Kurt Holden stützte einen Stiefel auf die untere Sprosse des Arenazauns, während er beobachtete, wie Pferd und Reiter praktisch in Lichtgeschwindigkeit von einem Fass zum nächsten flogen. Das Pferd und der Reiter schienen sich als Einheit zu bewegen. Die Frau, die Mitte zwanzig zu sein schien, war hübsch im klassischen

Mädchen-von-nebenan-Sinn. Sie hatte dunkle Haare in der Farbe der Mähne eines braunen Pferdes. Es glänzte im Licht der Sonne, die durch die Oberlichter der Arena fiel, und hing zu einem kurzen Zopf geflochten unter ihrem Strohcowboyhut hervor. Sie war konzentriert und entschlossen, als sie ihr Pferd anspornte.

„Ja, das kann sie. Das ist Lacys Cousine Mandy Brown", sagte Clint Matlock, ohne von seinem Klemmbrett aufzublicken. Er ging die Liste der Tiere durch, die Kurt für das bevorstehende Mule Hollow *Heimkehr*-Rodeo bereitstellen würde. „Sie bleibt eine Weile bei uns und will im Barrel Racing beim Rodeo antreten. Lacy sagt, dass sie seit ein paar Jahren nicht mehr geritten ist, aber seit sie letzte Woche hergekommen ist, hat sie Stunden und Stunden auf ihrem Pferd verbracht."

„Das sieht man. Sie ist gut."

„Offensichtlich war sie auf dem besten Weg zum landesweiten Erfolg, als sie vor ein paar Jahren aufgehört hat, um sich aufs Studium zu konzentrieren. Sie könnte immer noch top sein."

Kurt beobachtete sie beim Überqueren der

Zeitlinie und sah sie angesichts der digitalen Zeitanzeige die Stirn runzeln. Er konnte die Anzeige nicht sehen, wusste aber, dass die Zeit gut sein musste. „Daran gibt es keinen Zweifel. Ich hätte nie geahnt, dass sie lange nicht geritten ist."

Er grinste Clint an. „Die anderen Konkurrenten sollten besser auf der Hut sein."

„Auf jeden Fall", stimmte Clint zu, blickte auf und wandte sich dann wieder seiner Liste zu.

Kurt entschied, dass es besser, wäre sich wieder auf das Geschäft zu konzentrieren anstatt auf das Cowgirl. „Glaubst du, das wird reichen?"

„Sieht doch großartig aus." Clint gab ihm das Klemmbrett zurück. „Du hast erstklassige Tiere. Die Rodeos werden die Leute scharenweise herlocken, Ortsansässige eingeschlossen. Es ist gut für alle und sollte dir helfen, einen soliden Ruf mit deinen Rodeotieren aufzubauen."

Das stimmte. Mule Hollow sponserte im Sommer drei verschiedene Rodeos, um Werbung für die Stadt zu machen. Er lieferte die Tiere dafür. „Ich weiß es zu schätzen, dass du ein gutes Wort für mich eingelegt hast, damit ich Verträge für alle drei Veranstaltungen bekommen habe. Ich bin dir was schuldig."

Clint warf ihm einen warmen Blick zu. „Du schuldest mir nichts. Hab ich gerne getan. Nach all den Jahren, die du mit mir auf der Ranch gearbeitet hast, mache ich das, weil du es verdient hast."

„Ich habe vom Besten gelernt."

Clint nickte und sah nachdenklich aus. „Ja, mein Vater wusste, wo's langgeht."

Kurt hatte viel von Mac Matlock gelernt, doch er hatte auch viel von Clint gelernt. Obwohl Clint nur ein paar Jahre älter als Kurt war, hatte er mit seinem Vater gearbeitet, seit er kaum alt genug gewesen war, um zu reiten. Er hatte eine Beziehung zu seinem Vater gehabt, um die Kurt ihn beneidete. „Stell dein Licht nicht unter den Scheffel. Du weißt selbst das eine oder andere. Deshalb ist diese Ranch das, was sie heute ist. Mac hat dir alles gut beigebracht."

Die Matlock Ranch war eine der größten und erfolgreichsten Ranches in der Region. Es war Clints Vermächtnis, etwas, das er eines Tages an seinen Sohn weitergeben würde. Kurt wollte etwas Ähnliches aufbauen, wenn alles wie geplant lief. Diese Rodeos würden seine Finanzen und seinen Ruf aufpolstern.

„Das wird ein geschäftiger Sommer werden. Der ganze Ort ist an diesen Rodeos beteiligt."

Clint warf ihm einen *Wem-sagst-du-das*-Blick zu. „Die Mädels werden uns alle verrückt machen."

„Daran besteht kein Zweifel. Ich habe Esther Mae gestern gesehen, und sie ist wie ein Kolibri hin und her geflattert, so beschäftigt war sie mit ihren Plänen." Esther Mae war in den Sechzigern und ziemlich aufgeregt, wenn es um ... nun, so ziemlich alles ging.

„Lacy ist auch ziemlich aufgeregt. Aber du kennst sie ja. Sie liebt es, diese Festivals zu planen. Und ich habe da noch nie mit ihr mithalten können."

Kurt nickte. Mule Hollow hatte alle möglichen Festivals veranstaltet, Dinnertheater eingeschlossen. Der Ort war voller Aktivitäten, seit Esther Mae und ihre beiden Freundinnen einen Plan ausgeheckt hatten, um ihre geliebte Stadt vor dem Aussterben zu retten. Vor ein paar Jahren hatten sie eine „*Frauen gesucht*"-Anzeige geschaltet, um Frauen in die Stadt zu bringen, die dann all die einsamen Cowboys heiraten sollten. Lacy war auf diese Anzeige hin hergekommen und hatte diese Idee mit ihrer eigenen Energie aufgeladen – und sich dabei in Clint verliebt. Zur Überraschung aller war die Idee der Frauen weitaus erfolgreicher gewesen als jeder es erwartet hatte, und die Männer im Ort waren reichlich verblüfft.

Diese Rodeos waren ihre neueste Idee. Doch diesmal war es ein bisschen anders. Diese drei Rodeos, den Sommer über jeden Monat eines, waren darauf ausgerichtet, „die Ausreißer", wie Clint sie nannte, nach Hause zu bringen. Die Einwohner von Mule Hollow wollten, dass Familie und Freunde, die weggezogen waren, nach Hause kamen, um zu sehen, wie sehr sich der Ort verändert hatte. Sie wollten, dass ein paar bekannte Gesichter in die Stadt zurückkehrten, und genau wie Esther Mae schienen alle begeistert zu sein von den Sommerevents. Esther Mae, Norma Sue und Adela, bekannt als die Kupplerinnen von Mule Hollow, hatten alle ins Visier genommen, denen sie in Bezug auf die Liebe „helfen" konnten. Sie hatten es ein- oder zweimal mit ihm versucht, aber wahrscheinlich entschieden, dass er ein hoffnungsloser Fall war. Kurt war einfach nicht bereit, nach Liebe zu suchen, und niemand konnte seine Meinung darüber ändern, bis er bereit war. Er fragte sich, ob Mandy Brown hier nach Liebe suchte – nach einem einsamen

Cowboy – und damit die Kupplerinnen-Träume der drei älteren Damen wahrmachen würde. Wenn sie es nicht wäre, sollte sie besser aufpassen.

„Apropos, Kurt, du warst von Anfang an hier und bist immer noch Single. Wie kommt das eigentlich?", fragte Clint.

„Pure Entschlossenheit," lachte Kurt.

„Vielleicht", sagte Clint schmunzelnd. „Hey, ich muss nach Ranger und zu einer Bullenausstellung im Viehhof. Danke, dass du mit deiner Liste vorbeigekommen bist. Wir reden nochmal eingehend darüber, aber in der Zwischenzeit richte du dich ein, wie du es für richtig hältst. Und..." Er wollte gehen, hielt aber inne und schmunzelte erneut. „Ich frage mich, wie lange deine Entschlossenheit noch anhält. So wie ich das sehe, haben du und deine Brüder viel zu lange durchgehalten. Ticktack. Deine Zeit läuft ab, mein Freund. Liebe ist eine schöne Sache, vielleicht willst du es ja eines Tages mal versuchen."

Kurt sah hinüber und beobachtete, wie Mandy noch einen Durchlauf ritt. Er musste zugeben, dass allein ein Besuch im Ort gereicht hatte, um seine Stimmung zu heben. Doch ihn dazu bringen, auf den

Zug aufspringen und eine Frau finden zu wollen?

Auf keinen Fall.

Er hatte eine Ranch aufzubauen und ein neues Viehgeschäft in Gang zu bekommen. Er war ambitioniert, etwas aus sich zu machen, und würde nicht ruhen, bis er das geschafft hatte. Er hatte wie viele seiner Freunde gespart und gespart, und mit der Bezahlung eines Cowboys war das nicht leicht. Eine Frau und eine Familie … vielleicht später. Oder vielleicht auch nicht.

Im Moment hatte er ein gutes Leben. Er ging mit Frauen aus, wenn er Lust dazu hatte, aber es wurde nie ernst.

Er war konzentriert, glücklich und entschlossen, besser zu sein, als sein Vater es von ihm erwartet hatte. Und niemand, nicht einmal die Kupplerinnen von Mule Hollow, konnte das ändern.

Als er Mandy beim Reiten um das letzte Fass beobachtete, sah er Mut und Entschlossenheit in ihrer Miene. Er war neugierig, was sie motivierte. Was brachte das Feuer in ihre Augen, das aufblitzte, wenn sie sich tief bückte und auf ihr Ziel zu donnerte?

„Großartiger Lauf."

Der gedehnte Texas-Akzent überraschte Mandy, als sie um die Ecke des Zauns der Arena ging und Murdoch zu den Stallungen führte. Sie erkannte den Cowboy als den, der sie vom Paddock aus beobachtet hatte. Sie hatte ihn bis jetzt ignoriert. Er hatte vorhin mit Clint gesprochen, war aber nicht gegangen, als Clint verschwunden war. Zu dumm. Sie war entschlossen, sich nicht von ihm in ihrer Konzentration stören zu lassen. Sie hatte einen grottenschlechten Morgenlauf gehabt, dann aber ihren Fokus gefunden und ein paar anständige Läufe hingelegt.

„Danke", sagte sie und wurde langsamer, um nicht unhöflich zu wirken. Er lächelte unter seinem Strohstetson hervor, und eine weiße Zahnreihe blitzte aus seinem tief gebräunten Gesicht. Sein Gesicht war schlank. Er hatte markante Wangenknochen und einen Kiefer, der aus Stein gemeißelt zu sein schien. Er sah aus wie ein Mann, der wusste, was er wollte. Die Lachfalten um seine Augen sagten ihr, dass er lächeln konnte, auch wenn er ziemlich ernst wirkte.

„Bitte. Du fliegst ja geradezu mit diesem Pferd." Er tippte sich an die Hutkrempe, während faszinierende braune Augen sie interessiert betrachteten. „Ich bin Kurt. Kurt Holden, ein Freund von Clint und Lacy."

Er streckte seine Hand aus und Mandy schüttelte sie kurz. „Ich bin Mandy Brown. Sehr nett, dich kennenzulernen." Sein Händedruck war stark und seine Hand schwielig. Seinem Aussehen nach nahm sie an, dass er irgendeine Art Cowboy-Arbeit erledigte. Nicht, dass sie interessiert gewesen wäre. Auch wenn er so süß war, wie ein Cowboy nur sein konnte. Kurt Holden sah besser aus als jeder Mann, den sie jemals gesehen hatte. Dieser Cowboy, der standhaft wirkte wie die mächtigen Mammutbäume, war einfach beeindruckend.

„Clint sagte, du bist Lacys Cousine und hier, um am Rodeo teilzunehmen?"

Er hatte nach ihr gefragt. Der Gedanke sorgte für einen unerwünschten Nervenkitzel bei Mandy. Sie runzelte die Stirn angesichts des Gefühls. „Das habe ich vor. Ich habe jedoch noch einen langen Weg vor mir."

Er lächelte. „Wenn dem so ist, wirst du gewinnen." Ihr Magen schlug einen kleinen Purzelbaum, als sein Lächeln sein Gesicht erhellte.

„Ich werde mein Bestes geben", sagte sie und bemühte sich, die zwischen ihnen entstehende Anziehungskraft zu ignorieren. Sie tätschelte Murdochs Hals. „Ich kann Murdoch nicht enttäuschen", sagte sie mit einem Augenzwinkern, das einfach von alleine kam. „Dafür arbeitet er viel zu hart. Nicht wahr, alter Junge?" Als würde er genau verstehen, was sie sagte, nickte der große Graue mit dem Kopf und schnaubte.

Kurts Lächeln breitete sich langsam und entspannt auf seinem Gesicht aus, hob seine Wangenknochen höher und ließ seine Augen mit unverkennbar neckendem Interesse funkeln. *Und warum auch nicht? Du hast dem Mann schließlich zugezwinkert.*

„Er ist definitiv ein Konkurrent, das ist sicher", sagte Kurt. „Aber du hast offensichtlich auch ordentlich Kampfgeist."

Warum hatte sie dem Mann zugezwinkert? Sie musste verrückt sein. Allein ihn anzusehen ließ ihre Wangen rot werden. Doch ihre Neugier auf den Cowboy war nicht zu bremsen.

„Also, Kurt Holden, was machst du beim Rodeo?" Es war nichts Falsches daran, das zu fragen, oder? Der Typ war süß, und sein Lächeln konnte einen um den

Verstand bringen – doch das war's dann auch schon.

„Ich liefere die Tiere. Ich bin selbst nie angetreten. War immer zu beschäftigt beim Arbeiten. Und wo wir gerade davon reden, ich muss wieder ran. Schön, dich kennengelernt zu haben, Mandy Brown." Er tippte sich an seinen Hut und erwiderte ihr Augenzwinkern von zuvor mit seinem eigenen. „Reite aggressiv und bleib fest im Sattel. Du wirst sie alle überraschen." Damit drehte er sich um und ging.

Mandy blickte Kurt nach. Sein Schritt war entschlossen, und er blickte nicht ein einziges Mal über die Schulter zurück ... im Gegensatz zu ihr, die dastand und gaffte, während sie sich um ihre Angelegenheiten hätte kümmern sollen.

„Komm, Murdoch, Zeit dich auszuruhen. Morgen werden wir doppelt so hart arbeiten, damit wir wenigstens einen anständigen Auftritt hinlegen können."

Trotz ihrer Entschlossenheit, es nicht zu tun, blickte sie noch einmal über die Schulter, doch Kurt Holden war weg.

Etwas von ihm blieb, und Mandy bemerkte, dass ihre Gedanken immer wieder zu ihm wanderten, während sie Murdoch striegelte. Und das *konnte* einfach nicht sein. Viele Frauen kamen nach Mule Hollow, um einen Ehemann zu finden. Doch Mandy war gekommen, um sich selbst zu finden. Dabei gab es keinen Raum für Komplikationen.

Und Kurt Holden war ein Cowboy, dem das Wort *Komplikationen* ins Gesicht geschrieben stand.

KAPITEL ZWEI

„**W**ie geht's meinem kleinen Taty–poo?", schnurrte Mandy und nahm Tate aus Lacys Arm. Der sechs Monate alte Junge war kuschelig und warm. „Er wird ein ganz schöner Brocken."

„Das kannst du laut sagen." Lacy gab Mandy die Flasche, mit der sie ihn gefüttert hatte. „Er hat denselben Appetit wie sein Vater, nicht wahr, kleiner Mann?"

„Hey, er ist im Wachstum."

„So wahr! Wenn du meine kleine Zuckerschnute fertig fütterst, besorge ich den Rest meiner Einkaufsliste. Ich sollte dir vielleicht sagen, dass wir dieses Wochenende grillen."

„Wer ist wir?" Mandy ließ sich im Schaukelstuhl nieder, und Tate machte sich mit Begeisterung über die Flasche her. „Und warum? Gibt es einen Anlass?"

„Für dich, dummes Huhn. Ich möchte, dass alle dich kennenlernen, darum."

Mandy war überrascht. „Hast du Zeit dafür? Ich meine, ich dachte, du hättest viel für das Rodeo vorzubereiten?"

„Oh, das haben wir alles schon erledigt", sagte Lacy und wischte den Gedanken mit einer Geste weg. „Unsere Kupplerinnen vom Dienst haben das unter Kontrolle. Mit dem Rodeo und dem Festival, das wir am selben Wochenende veranstalten, läuft alles wie geplant. Ja, wir haben Essensstände, und Cort und Lilly Wells kümmern sich wie immer mit ihrem süßen Eselchen Samantha um den Streichelzoo. Diesen Sommer haben wir sooo viel Spaß in der Pipeline. Es wird ganz großartig werden", sagte sie mit Begeisterung. „Aber zuerst grillen wir."

In Mandys Hals bildete sich ein Kloß. Sie liebte ihre Cousine.

Sie kämpfte darum, mit ruhiger Stimme zu antworten. „Du hast mir wirklich geholfen, als ich es am meisten gebraucht habe.“

Lacys strahlend blaue Augen funkelten, als sie Mandy ansah und ihren Blick festhielt. „Ich habe mir Sorgen um dich gemacht. Ich liebe dich wie eine Schwester und würde dich für nichts auf der Welt aufgeben. Ich war besorgt wegen all des Dramas, das du gerade durchmachst.“

„Ich *mache* es nicht mehr durch. Wenn meine Mutter und mein Vater sich scheiden lassen wollen, ist das ihre Sache.“ Wenn sie es laut aussprach, dann wäre es vielleicht wahr. Die Wut, die sie über alles empfand, was geschehen war, stieg wieder in ihr auf. Wann würde es enden?

„Weißt du, Mandy, selbst Familie kann einen manchmal enttäuschen. So ist es leider. Aber Gott tut das nie“, sagte Lacy als würde sie ihre Gedanken lesen.

„Ich möchte jetzt wirklich nicht darüber reden. Ist das okay für dich?”

„Klar doch, schon gut. Du bist hier, um dich zu entspannen und mein süßes Schnuckelbaby liebzuhaben, soviel du willst. Und um dieses Rodeo zu gewinnen.“

Sie wollte dringend über etwas anderes reden und

stürzte sich auf das Thema. „Der arme Murdoch ist so aufgedreht. Er spürt, dass wir auf etwas hinarbeiten. Das arme Pferd hat die Fässer vermisst. Aber er macht es so gut, als hätte er allein auf der Weide trainiert, während ich an der Uni war."

Mandy strich ihre Nase über Tates Hals, und er packte sie an den Haaren. Sie musste lachen, als sie sich behutsam von ihm löste. Eines Tages würde sie ein Baby wie Tate haben, und sie würde ihm keine Schuldgefühle einreden, wenn er andere Träume als ihre eigenen hatte. Sie würde ihn lieben und ihm helfen, diesen Träumen nachzugehen.

„Oh Mann, Lacy, das tut so gut."

„Ja, das tut es", zwitscherte Lacy. „Ich bin so unglaublich glücklich. Ich wünschte, du würdest jemanden wie meinen Clint finden." Sie grinste schelmisch.

Mandy freute sich für ihre Cousine. Sie und Lacy waren einander immer sehr ähnlich gewesen. Keine von beiden brauchte wirklich einen Mann, um sie glücklich zu machen, und dennoch konnte sie nicht leugnen, dass Lacy jetzt zufriedener zu sein schien. „Lacy, ehrlich gesagt, ich bin gerade so wütend auf meinen Vater und seine Lügen, dass ich nicht einmal daran denken möchte, einen Mann in mein Leben zu lassen."

„Ich weiß, und du hast jedes Recht, wütend zu sein. Aber ich bete, dass du darüber hinwegkommst. Nicht alle Männer lügen. Einige Männer sind stolz darauf, ehrlich zu sein, und das ist die Art von Mann, die wir für dich finden müssen."

Mandy sah Lacy finster an. „Ich interessiere mich nicht für Männer, abgesehen von diesem kleinen Mann hier." Sie wiegte Tate und schmiegte ihr Gesicht an sein Ohr.

„Du, mein liebes Cousinchen, hast einen guten Geschmack. Ich habe übrigens gesehen, dass Kurt Holden vorhin hier war. Bist du ihm begegnet?"

Das Bild des Cowboys schoss abrupt in ihre Gedanken. „Ja", sagte sie vorsichtig.

„Und, was denkst du? Ich finde ja, dass er ein ganz Süßer und auch ein wirklich guter Mann ist."

Sie dachte doch sicher nicht, dass ... „Lacy, ich habe dir gesagt, dass ich nicht interessiert bin. Ich bin hier, um ein Rodeo zu gewinnen, keinen Mann."

Lacy stemmte eine Faust in ihre Hüfte. Ihre Augen

tanzten. „Ja, ja, ja", sang sie. „Du findest ihn auch süß. Ich wusste es!"

Mandy schnappte nach Luft. „Das habe ich nicht gesagt."

„Musst du auch nicht. Deine Weigerung, meine Frage zu beantworten, sagt alles."

„Okay, er ist recht nett anzusehen. Aber komm jetzt nicht auf irgendwelche Ideen." Die Tatsache, dass Lacy Ideen über sie und Kurt hatte, zerrte ein bisschen an Mandys Nerven.

„Oh, ich verspreche nichts. Ich habe nur mal vorgetastet." Lacy lächelte verschmitzt.

Mandy hob Tate hoch und blickte zu seinem Engelsgesichtchen auf. „Sag deiner Mama, dass alles okay ist und du der einzige Mann bist, für den ich mich noch lange interessieren werde." Sie warf Lacy einen neckenden, aber ernsten Blick zu. „Und das meine ich auch so. Verstanden, Cousinchen?"

„Hast du sie gesehen?"

Kurt saß an der Theke in Sams Diner und wartete auf sein Frühstück. Es war sechs Uhr früh, und der

Morgenansturm war noch nicht über das winzige Diner hereingebrochen – doch sie würden jeden Moment da sein. Applegate Thornton und sein Freund Stanley Orr klebten bereits auf den Stühlen am Fenstertisch. Da saßen sie jeden Morgen, spien Sonnenblumenkerne in ihren Spucknapf, spielten Dame und informierten sich über die Ereignisse und Angelegenheiten aller in der Stadt. Heute fingen sie mit ihm an.

Applegate spuckte zwei Sonnenblumenkernspelzen in den alten Messingspucknapf und wiederholte dann seine Frage noch einmal laut, als wäre Kurt derjenige, der schwerhörig war, und nicht er und Stanley.

„Hast du sie schon gesehen? Mandy Brown. Lacys Cousine.“

Oh, und wie er sie gesehen hatte. Und er hatte seitdem immer wieder an sie denken müssen. „Ja, ich habe sie gestern gesehen. Sie hat in der Arena mit den Fässern trainiert, als ich wegen der Liste für die Rodeotiere da war. Warum?“

App zuckte lässig die Achseln und sah so überzeugend aus wie ein kleines Kind, das versucht, einen Keks zu erschleichen. „Ich habe mich nur gefragt, ob du sie gesehen hast. Sie ist ein süßes kleines Ding. Und eine wirklich gute Reiterin. Wir haben sie auch neulich gesehen. Sie kennt sich mit einem Pferd aus."

„Das tut sicher." Stanley machte eine Pause und hustete, während er das Damebrett studierte. Nicht so munter wie gewöhnlich kratzte er sich am kahlen Kopf. Die beiden Männer waren in den Siebzigern und ungefähr so schwerhörig wie ein Baumstumpf. Es war jedoch fraglich, ob ihre Schwerhörigkeit selektiv war, da sie immer genau wussten, wer was vorhatte.

„Ja", fuhr er fort. „Sie hat ihr Pferd wie der Blitz durch diese Arena geritten. Ich habe noch nie ein Mädchen gesehen ..." Er machte plötzlich eine Pause und sprang mit seinem roten Damestein über einen von Apps Steinen. „Hab dich, du alter Hund."

App runzelte die Stirn und zog sein hageres Gesicht in Falten. „Ich habe mich gefragt, wann du diesen Schritt machen würdest. Hab nicht aufgepasst, als ich diesen Fehler gemacht habe."

„Ha, du kriegst nur den Hintern versohlt. Wie üblich."

App schnaubte: „Ich verliere nicht immer, und das

weißt du." Er ignorierte, dass er an der Reihe war, und richtete seine Aufmerksamkeit auf Kurt. „Ich habe gehört, Lacy grillt dieses Wochenende zu Ehren ihrer Cousine. Gehst du hin?"

Lacy hatte ihn gestern Abend angerufen und ihn und einen seiner Brüder, für den Fall, dass sie zufällig in Mule Hollow waren, eingeladen. Sie hatte sich ganz aufgeregt angehört. Er musste zugeben, dass er sich selbst darauf freute. „Ja, ich gehe hin. Ist doch nett, ihr zu helfen, uns alle kennenzulernen."

„Du solltest mit ihr ausgehen", fuhr App fort. „Weißt du, damit sie sich willkommen fühlt und so."

„Ja, das wäre nett von dir." Stanley hustete erneut und starrte App an. „Und willst du jetzt endlich deinen Zug machen, oder willst du abwarten, bis ich tot bin, bevor du zu spielen anfängst."

Kurt nutzte die Gelegenheit, um das Gespräch zu beenden, und drehte sich wieder zur Theke um. Sam kam in diesem Moment auf seinen kurzen O-Beinen durch die Schwingtür aus der Küche und stellte Kurts Teller vor ihm ab. „Iss auf, Kurt. Du wirst deine Kraft brauchen."

„Warum das?", fragte er in der Hoffnung, dass

App und Stanley beschlossen hatten, Dame zu spielen, anstatt sich weiter in sein Liebesleben einzumischen. Er hatte bereits darüber nachgedacht, Mandy zu fragen, doch er brauchte keine Hilfe, was das anging.

Sam lächelte ihn an. „Weil meine Adela und die Mädels darauf zählen, dass deine Tiere in Topform sind. Sie wollen, dass die Bullenreiter in Scharen zu allen Rodeos kommen." Er musste nicht darauf hinweisen, dass Bullenreiter und Bullenreiten Frauen anzogen. Das wollten „die Mädels". Die Mädels waren die Kupplerinnen von Mule Hollow – Esther Mae Wilcox, Norma Sue Jenkins und Sams Frau Adela Ledbetter Green.

Sie mussten sich keine Sorgen machen. „Ich habe Thunderclap auf der Liste, und sein Ruf allein zieht schon Reiter an. Sie folgen ihm dorthin, wo er gerade ist."

„Das ist gut. Norma Sue und Esther Mae machen mich mit ihrer Planung noch verrückt. Selbst Adela fällt es schwer, sie in Schach zu halten. Sie planen sogar alle möglichen und unmöglichen Verwandten ein, die zu den Rodeos kommen könnten. Ich sage euch, dieses kleine Mädchen Mandy Brown hat eine

Nummer auf dem Rücken – und ich meine damit nicht ihre Nummer für das Barrel Racing. Also sei gewarnt, falls du das noch nicht selbst herausgefunden hast. Wenn du sie zu einem Rendezvous einlädst, hast du vielleicht auch bald eine fette Zielscheibe auf deinem Rücken. "

Kurts Nacken begann zu jucken. „Sie haben das ein- oder zweimal bei mir versucht und festgestellt, dass ich nicht an etwas Langfristigem interessiert bin … Du weißt, ich bin ehrlich, was das angeht – mit allen, mit denen ich ausgehe."

Ohne etwas zu sagen, goss Sam ihm noch eine Tasse Kaffee ein und kümmerte sich dann um seine anderen Gäste. Am Morgen hatte er immer viel zu tun, und er arbeitete normalerweise alleine, bis gegen acht Uhr seine Hilfskraft eintraf. Doch so beschäftigt er auch war blieb er stehen und kniff die Augen zusammen, während er Kurt ansah.

„Das ist wahr. Jede weiß, dass du ganz klare Grenzen ziehst. Aber" – er verzog das Gesicht – „Nach allem, was ich höre, macht das zumindest eine Person nicht sonderlich glücklich."

Kurt hatte das ungute Gefühl zu wissen, worauf Sam hinaus wollte. „Was meinst du?"

Sam beugte sich vor. „Ich habe gehört, dass diese Künstlerin, mit der du ein- oder zweimal ausgegangen bist, überhaupt nicht glücklich ist."

Erica. Er war von Anfang an ehrlich zu ihr gewesen und nur zweimal mit ihr ausgegangen. Bei ihrem zweiten Date hatte sie angefangen, über die Suche nach Mr. Right zu reden. Er schüttelte den Kopf. „Sam, ich habe das mit ihr abgebrochen, sobald ich gesehen habe, dass sie nach einem Ehemann sucht. Ich will das nicht. Ich hatte ihr ganz klar gesagt, dass ich niemandes Mr. Right sein will. Sie ist trotzdem wütend geworden, und ich wusste nicht, was ich tun sollte." Diese Frau hatte tatsächlich mit Geschirr nach ihm geworfen, weil er sie „abserviert hatte", wie sie es ausdrückte. Er hatte sich zurückgehalten und nichts gesagt, doch das hielt sie nicht davon ab, ihm finstere Blicke zuzuwerfen, wann immer sie ihn sah. Um den Frieden zu wahren, hatte er versucht, ihr aus dem Weg zu gehen, und hoffte, dass ihre Wut bald verflogen sein würde. Eines war sicher, sie waren nicht kompatibel, und er war mehr als froh darüber. Er mochte nicht all das Drama, das mit einer solchen Frau einherging. Er hatte vor dem ersten Date nur die Warnsignale nicht gesehen.

„Du hast keinen Grund, mit eingezogenem Kopf herumzulaufen. Manche Frauen sind einfach neurotisch. Frauen wie meine Adela, die sind ein Hauptgewinn. Bleib du einfach ehrlich wie immer. Es wäre eine Schande, wenn du dir die Liebe entgehen lassen würdest. Vielleicht können die Mädels das ja für dich reparieren.“

„Entschuldigung, Sam. Aber wie schon gesagt, ich kenne meinen Kopf, und wenn ich mich entscheide, Mandy einzuladen, wird schon alles gut werden. Mach dir keine Sorgen um mich. Oder sie. Sie wird sofort wissen, dass ich nichts Ernstes suche.“ Lachfältchen kräuselten sich um Sams Augen. „Eines Tages wird eines deiner Rendezvous ihre Finger um dein Herz legen, und dann wirst du nicht so großspurig darüber reden, wie leicht es dir fällt, so eine Sache zu beenden.“

Kurt tauchte ein Stück Brot in die Soße. Er war nicht großspurig. Er war ehrlich. Er hatte Pläne. Ziele. Nichts stand ihm im Weg.

Sam zog die Stirn kraus. „Ja, diese Großspurigkeit wird noch dein Untergang sein. Merk dir meine Worte, mein Sohn. Deine Zeit kommt auch noch.“

KAPITEL DREI

„**N**a, wen haben wir denn da – Kurt Holden. Hallo! Wie geht's dir?"

Kurt schmunzelte angesichts Mandys verspielter Begrüßung. Sie standen in der Nähe eines duftenden Rosenstrauchs auf Lacys Anwesen. Die Öllaterne warf sanfte Schatten auf Mandys Haut, und sie sah wunderschön aus. „Mir geht's gut, Mandy. Das Leben ist gut. Kann mich nicht beschweren. Wie ist es mit dir? Genießt du die Party?" Er war vor einiger Zeit zum Grillen bei den Matlocks angekommen und hatte sich unter die Leute gemischt, während Mandy die Runde machte und mit Grüppchen von Leuten sprach, denen Lacy sie vorgestellt hatte. Er hatte sie ein paarmal dabei ertappt, als sie ihn ansah. Etwas an ihr zog ihn an, und er hatte das Gefühl, dass sie genauso neugierig auf ihn war.

Sie trank einen Schluck süßen Tee und beobachtete ihn mit ruhigen blaugrünen Augen. „Die Party – ja, die ist gut."

„Finde ich auch." Er bemerkte, dass sie sich nicht dazu äußerte, wie es ihr ging, und er wunderte sich darüber. „Wie läuft's mit dem Reiten?"

„Ganz okay. Murdoch ist heute ein bisschen glücklicher mit mir. Er will gewinnen und weiß, dass ich das Problem bin."

„Bist du immer so hart zu dir selbst?"

„Immer."

Nachdenkliche Augen hielten seinen Blick fest. Er lächelte sie an. „Im Ernst, du musst dich entspannen." Wem sagte er das? „Ich habe dich vor ein paar Minuten lachen sehen, also weiß ich, dass du es kannst."

Dann lachte sie. „Hey, ich lache schon ab und zu, aber ich meine es absolut ernst, wenn ich sage, dass ich immer hart mit mir selbst bin. Ich erwarte einfach viel von mir." Sie machte eine Pause, und ihre Augen bohrten sich in seine. „Ich wette, du erwartest auch viel von dir.“

„Und wie kommst du darauf?“ Er mochte die Art, wie sie sich ihrer selbst sicher schien. Sicher ihres Eindrucks von ihm. Er fragte sich, ob sie sich über alles in ihrem Leben so sicher war.

„Nun, du tust es einfach. Soweit ich weiß, hast du eine Ranch mit Rindern und anderem Viehbestand. Außerdem hast du Thunderclap, den begehrten Rodeo-Bullen. Du, Mr. Holden, bist ein vielbeschäftigter Mann, dem man die Erwartungen an der Nasenspitze ansehen kann.“

Hatte sie sich über ihn informiert? „Ich bin gerne beschäftigt und, ja, du hast Recht, ich erwarte viel von mir. Wenn nicht ich, wer dann?“

„Stimmt. Andererseits, wenn dein Vater wie meiner war, hat er viel von dir erwartet.“

Er stieß einen abfälligen Laut aus. „Ich kann dir sagen, dass unsere Väter sich nicht einmal ansatzweise ähnlich waren. Meiner hat wenig von mir erwartet.“

Ihre Augen weiteten sich. „Was meinst du?“ Kurt sprach nicht viel über seinen Vater, und er war sich nicht sicher, warum er es gerade getan hatte. Er hatte ihr einen Einblick in seine Vergangenheit gegeben, über die er nicht gerne nachdachte, von darüber reden ganz zu schweigen. „Wenig, oder besser noch nichts. Mein Vater hat mich nicht dazu angespornt, etwas anderes als ein Versager zu sein."

„Das tut mir so leid", sagte sie mitfühlend. „Hey, niedrige Erwartungen treiben einige mehr an als hohe Erwartungen." Er schenkte ihr ein neckendes Lächeln, um die Ernsthaftigkeit seiner Worte zu mildern. „Also, was ist mit dir? Dein Vater erwartet, dass du die beste Barrel Racerin des Landes bist?"

„Wohl kaum. Er erwartet, dass ich für die Menschheit von Wert bin, und damit meint er nicht, auf Zeit auf einem Pferd um Fässer herum zu reiten."

Er verzog das Gesicht. „Autsch. Wenn ich daran denke, wie du reitest, komme ich zu dem Schluss, dass du ein rebellisches Kind gewesen sein musst."

Sie verschluckte sich an ihrem Eistee. Er ging auf sie zu und klopfte ihr auf den Rücken. „Ich wollte nicht, dass du dich meinetwegen verschluckst."

„Schon gut", sagte sie nach ein paar Atemzügen. „Aber sagen wir einfach, keiner von uns kann den Hintergrund des anderen sehr gut lesen."

„Also warst du nicht rebellisch? Ich bin

schockiert." Das ließ ihre Augen funkeln.

„Schön wär's gewesen. Dickköpfig, aber nicht rebellisch." Sie runzelte die Stirn und zog auf süße Weise die Augenbrauen zusammen. „Ich kann nicht sagen, dass es nicht viele Tage gegeben hat, an denen ich meinen Mangel an Rebellion zutiefst bedauert habe." Er war sich nicht sicher, ob sie witzelte oder es ernst meinte.

Sie zwinkerte ihm zu. „Aber jetzt mache ich das ganz wett."

Das machte ihn noch neugieriger denn je darauf, was hinter ihren hübschen Augen vorging. Bevor er jedoch tiefer graben konnte, kam Esther Mae herüber. Die rothaarige ältere Dame trug ein grellgrünes Hemd und eine passende Hose, die knapp über ihren Knöcheln endete.

„Ju-hu! Ich bin so froh, dass ihr alle hier seid. Ich habe Norma Sue und Adela schon gesagt, dass du so süß aussiehst, dass ich dich nur ungern stören will, aber eines der Kinder hat gesagt, dass die Pferde im Stall unruhig sind und alle möglichen Geräusche machen. Ich dachte, du willst vielleicht nach deinem Pferd sehen, Mandy."

Mandy war sofort alarmiert. „Danke, Esther Mae." Sie ließ ihren Pappbecher in einen Mülleimer fallen und eilte die Stufen hinunter, bevor Kurt Zeit hatte zu reagieren.

„Also, steh nicht da und halt Maulaffen feil, Kurt. Geh und hilf ihr."

Kurt kniff die Augen zusammen und bemerkte den gefährlichen Blitz in Esther Maes hellwachen grünen Augen. Sofort warf er ihren Freundinnen einen Blick zu, die alle auf dem Rasen beisammen standen. Du meine Güte, sie hatten sie beobachtet – Lacy eingeschlossen. Sie grinste und winkte, dann lachte sie entzückt. Soviel zum Thema Subtilität. Er warf Esther Mae einen Blick zu, der besagte, dass er genau wusste, was sie vorhatte, und folgte Mandy. Sie war bereits auf halbem Weg über den Hof, der das Haupthaus von der Arena und den Ställen trennte. Clint hielt nicht alle seine Pferde in der Arena. Stattdessen hielt er sie im Stall auf der Rückseite.

Das Cowgirl hatte offensichtlich keine Ahnung, dass sie gerade auf eine Finte reingefallen war. Der Kies knirschte unter ihren Stiefeln, als sie schnell zum Stall ging. Er fragte sich, wie sie reagieren würde, wenn sie bemerken würde, dass sie gerade reingelegt worden war. Er hatte bereits vor den ersten Kuppelversuchen entschieden, dass er sehen wollte, ob sie mit ihm zum Abendessen gehen würde. Jetzt wäre ein guter Zeitpunkt, sie zu fragen.

Im Stall war alles ruhig. Keine Laute von unruhigen Pferden oder sonst etwas. Die Arena war ein riesiges überdachtes Gebäude mit Stadionbestuhlung auf beiden Seiten und einem Imbissstand und einer Moderatorenbox auf der Vorderseite. Es gab sowohl vorne als auch hinten Haltepferche und einen Bereich an der Außenseite, der sie verband. Murdoch war vorne untergebracht, vor den Haltepferchen und der Moderatorenbox. Das riesige Gebäude war am späten Abend ruhig und einsam. Mandy erreichte Murdoch vor ihm, stemmte ihre Hand in ihre Hüfte und sah nach links und rechts. Murdoch schnaubte zufrieden, als sie sich langsam auf den Fersen umdrehte und Kurt anstarrte. Ihre Augen blitzten wie das Meer im gedämpften Licht. Schließlich kniff sie sie zusammen.

„Erstens liegt die Arena viel zu weit abseits, als dass die Kinder die Tiere hätten hören können – es sei denn, sie wären es gewesen, die ihn verursacht haben.

Zweitens sehe ich kein Anzeichen dafür, dass Murdoch in letzter Zeit unruhig war." Er konnte nicht anders als schmunzeln.

„Ich würde–"

„*Ich* würde sagen", unterbrach sie ihn, „dass hier was ziemlich stinkt."

„Und ich würde sagen, dass du zwar langsam begreifst", sagte er neckend, „aber zumindest fängst du an zu begreifen."

„Oh, dann hast du es also die ganze Zeit gewusst, was?"

„Zumindest geahnt. Natürlich warst du schon auf halbem Weg über den Hof, bevor Esther Mae ihren Satz beendet hat. Ich hatte den Vorteil, Lacy, Adela und Norma Sue zusammenstehen zu sehen. Sie haben uns beobachtet, als wären wir der Autokinofilm der Woche."

„Das ist gar nicht gut. Ich werde meiner Cousine einen Einlauf verpassen! Ich liebe sie über alles, aber ich werde ihr die Leviten lesen."

Er hatte das Gefühl, dass sie es nicht mögen würde, doch sie war süß, heiß wie ein Feuerwerkskörper. Sie sah aus, als stünde sie kurz vor der Explosion, drehte sich frustriert um und begann, den Stern zwischen Murdochs Augen zu streicheln – als würde das ihre Nerven beruhigen.

„Eigentlich wollte ich dich fragen, ob du Lust hast, am Samstagabend mit mir Abendessen zu gehen." In dem Moment, als die Worte aus seinem Mund kamen, wurde ihm klar, dass es möglicherweise nicht der beste Zeitpunkt war, sie zu fragen.

Mandy hielt inne, und ihr Blick schoss zu seinem. „Nein Danke. Es ist nichts Persönliches, aber ich bin gerade nicht in Stimmung zum Daten."

Sie hatte ihm eine Abfuhr erteilt. Sein Timing war also nicht gut gewesen, doch er wusste, wenn eine Frau interessiert war. Er hatte die Chemie zwischen ihnen gespürt. „Wir würden ja nicht daten. Es ist nur *ein* Date – ein Abendessen."

Mandy musterte ihn mit verständnislosem Blick. „Lass es mich dir direkt sagen. Du und ich, wir wissen beide, dass ein Date die Aufmerksamkeit der Hühner da draußen auf sich ziehen wird. Darauf habe ich nun wirklich keine Lust. Ich bin hier, um einen klaren Kopf zu bekommen, ein Rodeo zu gewinnen und mit dem Baby zu helfen. Sonst nichts. Ich brauche keine süßen alten Kupplerinnen, die mich mit einem Cowboy zusammenbringen wollen ... der zufällig du bist. Tut mir leid. Aber die Antwort ist nein."

Er fühlte sich ein bisschen beleidigt. „Sie wissen, dass ich nichts Langfristiges will. Das habe ich ihnen deutlich gesagt. Genauso wie jeder Frau, mit der ich ausgehe", stellte er klar und nahm an, dass ihr das besser gefallen würde.

Ihre Augenbrauen hoben sich ein Stück weit. „Und das sind viele, nicht wahr?"

Diese Augenbrauen waren kein gutes Zeichen. „Was?", fragte er vorsichtig. „Oh, du meinst viele Dates?"

„Viele Frauen."

„Ähm, naja ein paar."

Sie verschränkte die Arme, neigte den Kopf ein wenig und musterte ihn schweigend. Er fühlte sich wie eine wissenschaftliche Versuchsanordnung.

„Das hilft dir sicher, viele Dates zu bekommen."

Er war sich nicht sicher, worauf sie damit hinaus wollte. „Es schadet nicht. Ich meine, für jemanden wie dich bin ich kein Risiko. Ich bin nur ein Date. Unterhaltung, Gesellschaft. Du weißt schon, alles ohne

Verpflichtungen." Das hörte sich selbst in seinen Ohren nicht gut an. Was war nur los mit ihm? Er rieb sich den Stoppelbart und dachte plötzlich, dass er sich vielleicht besser unter einem Heuballen verkriechen sollte, so entsetzt, wie sie ihn anstarrte.

„Und das funktioniert gut für dich? All diese verschiedenen Frauen, die keine Verpflichtungen haben wollen?"

Sie nahm ihn hoch – oder war sie wirklich irritiert von der schieren Idee? Er war sich nicht mehr sicher. „Ja, das klappt wunderbar."

Sie grinste sarkastisch. „Schön für dich", sagte sie. „Ich werde mich trotzdem nicht auf diese Gelegenheit stürzen." Sie tätschelte seinen Arm, verdrehte die Augen und ging in Richtung Ausgang.

Er stand da und war sich nicht sicher, was gerade passiert war. „Hey, whoa. Warte."

Sie bog um die Ecke außer Sichtweite, und er hörte sie nur trällern. „Ich glaube nicht."

Es hallte in der Halle wider und zog ihn an. Er schmunzelte und joggte los, um sie einzuholen. Sie war bereits im Freien und ging den Hügel hinauf zum Haus. In der nach Gegrilltem duftenden Nachtluft lag

Gelächter. Als hätte sie es eilig, von ihm wegzukommen, schritt sie zielstrebig voran. Ihre Stiefel knirschten dabei auf dem Kies, und ihr Zopf schwang im schnellen Tempo hin und her.

„Warum hast du es so eilig?", fragte er, als er sie einholte.

Sie warf ihm einen Blick zu. „Ich möchte niemandem die Idee geben, dass du und ich aus romantischen Gründen in der Scheune geblieben sind. Das wäre nicht gut."

Er schmunzelte. Diese Frau reizte ihn. Sie redete nicht um den heißen Brei. „Nein, ich denke, das wäre nicht gut. So entstehen Gerüchte, und, Junge, das würden wir jetzt nicht wollen, oder?"

„Auf keinen Fall." Sie lächelte nicht, doch er war sich fast sicher, dass sie scherzte. „Ich möchte sicher nicht, dass jemand denkt, ich würde mich deiner langen Reihe von Dates anschließen."

Was erwarteten Frauen heutzutage von einem Mann? Nur, weil er nicht an einer Ehe interessiert war, hieß das nicht, dass er sich nicht für Frauen interessierte. „Es ist nichts Falsches daran, sich nicht häuslich niederzulassen. Nicht für *für immer* bereit zu sein.“

Er trat von einem Stiefel auf den anderen.

Sie zog eine Braue hoch. „Das ist ziellos und billig.“

Ihre Haltung irritierte ihn plötzlich. Er hatte nichts falsch gemacht. Nein, er hatte nichts falsch gemacht, wiederholte er entschlossen, als sie weiterging.

Er folgte ihr, nicht wirklich glücklich über die Situation, aber nicht sicher, was er dagegen tun wollte.

Die Party war in vollem Gange, als sie wieder in den Garten kamen. Mandy stieg die Stufen zur Veranda hinauf. Von seiner Irritation abgelenkt, wollte er ihr folgen, als er aus dem Augenwinkel eine Bewegung bemerkte.

„Kurt“, sagte Erica, und nichts Freundliches lag in ihrer Begrüßung.

„Erica. Ähm, hi.“ Sie sah nicht glücklich aus. Nein, tatsächlich sah sie wirklich unglücklich aus – als wäre ihr danach zumute, irgendetwas an die Wand zu schleudern. Er hatte nicht damit gerechnet, sie zu sehen. Aber er hätte wissen müssen, dass Lacy sie nicht von der Party ausschließen würde.

Mandy drehte sich wieder zu ihm um und

begegnete seinem Blick, bevor sie Erica ansah.

„Was glotzt du so?", blaffte Erica Mandy an, dann warf sie ihren Eistee nach ihm.

Jupp, seine Einschätzung war richtig gewesen. Gerade eben noch war er verwirrt über Mandys Haltung gewesen, und jetzt hatte er den Inhalt von Ericas Glas im Gesicht.

„Was zum...?" Er schnappte nach Luft und blinzelte durch den Tee, der von seinen Wimpern tropfte.

„Du treuloser Idiot!", schnaubte Erica, dann stapfte sie an ihm vorbei und warf einen Blick über ihre Schulter – als hätte er die Nachricht immer noch nicht verstanden.

„Treuloser ...", stammelte er. Er war sich bewusst, dass jeder in Hörweite die Szene gehört und gesehen hatte. „Wir haben zwei Verabredungen gehabt. *Verabredungen!*", protestierte er und sah Mandy an.

Ein Zucken ihrer Lippen sagte ihm, dass sie sich bemühte, nicht zu lachen. „Ja", sagte sie. „Sieht so aus, als ob all das mit dem Daten ganz gut für dich läuft, nicht wahr?" Sie zwinkerte ihm zu, ging dann ins Haus und ließ ihn tropfend auf der Veranda zurück.

„Heute ist aber auch wirklich jeder ein Komiker", brummte er.

Es war Zeit für eine ernste – und er meinte wirklich *ernste* – Unterhaltung mit Erica. Er war nicht der Typ, der heiratete. Das war er nie gewesen und würde es höchstwahrscheinlich nie sein.

KAPITEL VIER

Norma Sue Jenkins versperrte Kurt geschickt den Weg, als er in Richtung Erica ging. Norma Sue, eine robuste Rancherin, war schwer zu ignorieren, wenn sie jemandes Aufmerksamkeit wollte. Sie drückte ihm ein Geschirrtuch in die Hand. „Ich habe versucht, Erica zu sagen, dass du und sie nicht zusammenpasst." Sie sah besorgt aus. „Das ist nicht gut, Kurt."

Er blickte an Norma Sue vorbei und beobachtete, wie Erica in ihrem Kleinwagen vom Hof rauschte. Er wischte sich den klebrigen Tee vom Gesicht und schüttelte den Kopf. „Nein, Norma Sue, ist es nicht. Ich habe nicht versucht, jemanden zu verletzen. Ich habe ihr von Anfang an gesagt, dass ich nichts

Langfristiges will. Ich will niemanden für ein Happy End, und sie schien damit einverstanden zu sein. Bis zum zweiten Date, als sie mit diesem Mr. Right-Gerede angefangen hat."

Sie tätschelte ihm den Rücken. „Ich weiß, ich weiß. Ich habe ihr gesagt, dass du nicht nach Liebe suchst, sondern nur nach Gesellschaft. Ich wusste, dass sie sich *für immer* in den Kopf gesetzt hatte, und ich habe ihr gesagt, dass sie das nicht von dir erwarten kann ..."

„Ich denke, ich sollte mich dafür bedanken."

„Für mich hört sich das auch nicht gut an, aber wir wissen beide, dass das bis jetzt dein Standpunkt war. Erica dachte, sie könnte deine Meinung ändern, und hat dich angelogen, was ihre Absichten angeht." Norma Sue runzelte die Stirn. „Alles, was ich zu sagen habe, ist, dass dir vielleicht noch mehr bevorsteht. Ich weiß nicht, ob du es bemerkt hast, aber Erica ist ein bisschen neurotisch. Sie kommt nicht sonderlich gut mit Ablehnung zurecht."

Die Frau hatte ihm gerade ihren Tee ins Gesicht geschüttet. Er war klatschnass. „Ja, Norma Sue, ich sehe das ziemlich klar."

„Dachte ich mir. Warum gibst du ihr nicht ein bisschen Zeit, um sich einzukriegen? Dann solltest du vielleicht zu ihr gehen und Frieden schließen. Wir sind solche Probleme in Mule Hollow nicht gewohnt."

„Das kannst du laut sagen. Ich auch nicht."

Er verbrachte die nächste Stunde damit, sich über den Vorfall zu ärgern. Cowboys genossen es, sich gegenseitig aufzuziehen, und dank Erica würde er wahrscheinlich derjenige sein, der alle Witze abbekam. Allein das Gerede im Diner würde ihn verrückt machen. Und wenn Erica glaubte, diese Aktionen würden ihr helfen, Mr. Right bald in Mule Hollow zu finden, hatte sie sich grundlegend getäuscht. Ein Date zu bekommen dürfte für sie dadurch nur schwieriger geworden sein.

Dann dachte er an Mandy – ein Date zu bekommen könnte auch für ihn gerade schwieriger geworden sein. Der Gedanke gefiel ihm nicht. Als er nach Hause fuhr, war er sich sicher, dass er die Wogen glätten musste. Er mochte nicht, dass Erica so wütend auf ihn war, darum musste er etwas dagegen tun. Nicht, dass das seine Gefühle in irgendeiner Weise geändert hätte. Norma Sue hatte Recht damit, dass sie nicht kompatibel waren – es gab einfach gewisse

Dinge, die man nicht ändern konnte. Er glaubte nicht, dass man sich in jemanden verlieben konnte, zu dem man sich nicht hingezogen fühlte, doch er hatte viele Male gesehen, dass Menschen, die verliebt waren, sich ent-liebten. Oder einer von beiden tötete die Liebe, die sie geteilt hatten. Kurt hatte das oft gesehen. Er hatte es aus nächster Nähe gesehen, was seine Eltern anging – ja, man konnte Liebe töten. Doch man konnte Liebe nicht erzwingen. Erica war auf dem Holzweg, wenn sie glaubte, dass er der Richtige für sie war. Er würde das klarstellen und zwar bald. Sicher würde sie verstehen, was er meinte.

Er würde sich wegen dieser Situation nicht schlecht fühlen. Er war von Anfang an immer aufrichtig gewesen. Mandy nahm es ihm vielleicht übel, besonders nachdem sie die Szene mitangesehen hatte, doch ehrlich gesagt konnte er nicht verstehen, warum.

Andererseits war ihm vielleicht irgendwas entgangen …

Es war ein wunderschöner Tag am Morgen nach dem berüchtigten Grillfest.

„Komm rein", rief Esther Mae, als Mandy mit Tate in Lacys Friseursalon *Heavenly Inspirations* kam. Sofort stürzte sich die lebhafte Rothaarige auf sie. „Oh, da ist ja unser kleiner Junge!", gurrte Esther Mae und nahm ihn ihr ab.

„Wie schön, dass du gekommen bist", sagte Norma Sue und umarmte Tate.

Lacy hatte Adela auf dem Friseurstuhl und schnitt die kurzen, weißen Haare der zierlichen Frau. „Er sieht so glücklich aus!", sagte Lacy und lächelte in seine Richtung. „Du kannst so gut mit ihm umgehen, Mandy. Ich bin dir so dankbar. Er ist immer so gut gelaunt, wenn du ihn hast."

„Ha! Das liegt nicht an mir. Der kleine Kerl mag einfach alle. Aber wir hatten einen tollen Morgen. Er liebt den Laufstall, den wir neben dem Büro aufgestellt haben." Das Gebäude, in dem sich die Arena von Lacy und Clint befand, war eines der schönsten, in denen sie je gewesen war. Sie war glücklich, es benutzen zu können. „Er hat den ganzen Morgen glücklich gespielt, während ich trainiert habe." Mandy konnte wunderbar trainieren, während Tate im Laufstall war.

„Er ist zufrieden, wenn er bei dir ist." Adela

lächelte herzlich. „Babys wissen, wenn jemand gut ist."

Esther Mae blickte von dort auf, wo sie mit Tate im Sessel mit der Trockenhaube gesessen hatte. „Jedes Mal, wenn Hank vorbeikommt, brüllt mein kleiner Schatz. Das verletzt Hanks Gefühle. "

„Mit Roy Don war es genauso." Norma Sue kicherte. „Er hatte schon langsam Komplexe deswegen, bis Tate sich eines Tages für ihn erwärmt hat." Sie schnippte mit den Fingern. „Einfach so."

„Männer! Sie lassen sich viel zu leicht die Gefühle verletzen", sagte Esther Mae, während sie Tate liebevoll wiegte. „Aber du wirst anders, nicht wahr, mein kleiner Schnuckel?"

Norma Sue brummte. „Kurts Gefühle sind gestern Abend ziemlich sicher verletzt worden." Sie sah Mandy an. „Er braucht eine Frau in seinem Leben, und er hat keine Ahnung, wie viele Frauen *diese Frau* sein wollen. Die meisten, die mit ihm ausgehen, hoffen insgeheim, dass mehr daraus wird, obwohl sie wissen, dass er nicht vorhat zu heiraten. Dann finden sie heraus, dass er mehr an der Arbeit und dem Aufbau seiner Ranch interessiert ist als am Aufbau einer

Beziehung, und sie ziehen weiter. Wer weiß, vielleicht war Ericas kleiner Ausbruch genau der Denkanstoß, den er gebraucht hat, um seine Dates ernst zu nehmen – um sein Leben ernst zu nehmen."

„Ganz genau", mischte sich Esther Mae ein. „Das Leben ist zu kurz, um nur daran zu denken, irgendwelchen Besitz aufzubauen. Er braucht eine Familie, der er diese Ranch hinterlassen kann."

Mandy fühlte sich mit dem Gespräch unwohl.

„Er braucht die richtige Frau, die ihm zeigt, dass es für ihn mehr gibt als nur Arbeit", sagte sie.

„Was ist mit dir?" Norma Sue wandte ihre Aufmerksamkeit plötzlich Mandy zu. „Findest du nicht, dass er ein ansehnlicher Cowboy ist?"

„Ich habe dieses Gespräch bereits mit Lacy geführt." Sie begegnete dem schelmischen Blick ihrer Cousine im Spiegel. „Ja, er sieht gut aus. Aber ich bin nicht interessiert."

„Was ist mit einem Leben hier?", fragte Norma Sue. „Bist du daran interessiert, Mule Hollow vielleicht zu deinem Zuhause zu machen?"

„Es ist ein großartiger Ort", sagte Lacy und hielt inne, während sie die Haare um Adelas Gesicht schnitt.

„Ich versuche, sie auch davon zu überzeugen. Du hilfst mir."

Adela lächelte verständnisvoll. „Das wäre schön, Liebes. Wenn du hierher ziehen würdest, hättest du alle Zeit der Welt, um aus der Welt zu schaffen, was dich belastet."

„Und dann könntest du Kurt als den Mann schätzen lernen, der er ist." Norma Sue sah aus, als hätte sie sich gerade die beste Idee des Jahrhunderts ausgedacht.

„Und solltet ihr nicht ein Meeting für den Eröffnungstag des Rodeos haben?", erinnerte Mandy sie an den Grund, warum sie in den Ort gekommen war. Sie wollte das Gespräch von ihr ablenken. Und Kurt.

Lacy nahm Adela den Frisierumhang ab und schüttelte die losen Haare ab. „Du bist eine freie Frau, Adela", sagte sie lächelnd. „Wir gehen jetzt ins Diner. Ich musste nur erst Adelas Haare fertig schneiden."

„Ach ja, wie geht es eigentlich Sheri?", rief Esther Mae von ihrem Platz aus. „Haben sie und Pace Spaß in Australien beim Trainieren der Pferde?"

„Ja, das haben sie." Sheri war die Maniküre und

Lacys Partnerin im Salon. Sie war mit Lacy nach Mule Hollow gekommen, als sie ihren 1958er rosa Caddy beladen hatte und von Dallas aus losgefahren war, um ihr neues Geschäft zu eröffnen. „Sie sagt, dass sie überlegt, ganz dorthin zu ziehen."

„Was?" Die drei notorischen Kupplerinnen schnappten nach Luft. „Whoa!" Lacy hob die Hände, um weitere Ausbrüche abzuwehren. „War nur ein Witz. Sie sagt, sie genießt Australien, wird aber rechtzeitig zu den Rodeos wieder zu Hause in Mule Hollow sein. Pace macht beim Broncoreiten mit."

„Puh, das ist eine Erleichterung", sagte Esther Mae. „Ich brauche nämlich dringend eine Maniküre." Adela stimmte zu. „Na, da bin ich auch froh. Wir würden sie und ihre offene, ehrliche Art und ihren trockenen Sinn für Humor vermissen."

„Wem sagst du das?" Norma Sue nickte. „Mann, sie war wirklich ein schwerer Fall. Hätte nicht gedacht, dass jemals der richtige Cowboy für sie hier auftauchen würde."

„Ich glaube daran, dass der richtige Cowboy genau zur richtigen Zeit auftaucht." Adela umarmte Lacy. „Danke, dass du meine Haare wieder so schön geschnitten hast! Wir sind so froh, dass du in unseren kleinen Ort geleitet worden bist."

Lacy sah zufrieden aus. „Oh, das bin ich auch." Sie streckte die Hände nach dem kleinen Tate aus. Er griff sofort nach seiner Mutter. Lacy nahm ihn in ihre Arme, strich mit ihrer Nase über seine Schläfe und hielt ihn fest. „Der Herr wusste einfach, dass diese Friseurin genau hier in Mule Hollow sein musste, um Clint zu treffen. Nur so ist es zu diesem süßen kleinen Schatz gekommen."

Mandys Herz zog sich vor Emotionen zusammen, als er sie beobachtete.

„Okay, lasst uns gehen, Mädels", sagte Norma Sue, ging zur Tür und hielt sie auf. „Lasst uns zu Sam gehen. Ich bin mir sicher, dass dort drüben schon jede Menge Leute auf uns warten."

Mandy folgte der schwatzenden, aufgeregten Gruppe, doch sie konnte nicht aufhören, darüber nachzudenken, dass sie sie mit Kurt verkuppeln wollten. Mandy wusste, dass sie es gut meinten. Immerhin war es offensichtlich, dass all ihre Bemühungen viele glückliche Paare hervorbrachten. Und Familien, die den Ort langsam wieder bevölkerten.

Trotzdem glaubte sie nicht daran.

Es würde mehr als den guten Willen von ein paar eifrigen Kupplerinnen brauchen, um sie dazu zu bringen, die Dinge anders zu sehen. Sie wusste, dass sie sich sehr lange so fühlen würde.

Wenn sie dachten, Sheri Gentry wäre schwer zu verkuppeln gewesen, würden sie überrascht werden – denn sie hatten es noch nicht mit ihr zu tun gehabt.

Kurt hätte beinahe kehrtgemacht, um zu seinem Truck zurückzugehen, als er zu Sam ging und die Menge sah. Das Diner war voll! Als er Mandy sah – und keine Erica –beschloss er, zu bleiben. Er hatte an diesem Morgen an Ericas Wohnung Halt gemacht, um zu sehen, ob sie mit ihm reden würde, doch sie war nicht zu Hause gewesen. Er war immer noch nicht darüber hinweg, dass sie so wütend auf ihn war.

Er hatte es noch nicht ganz bis zum Tresen geschafft, um sich auf einen Rindslederhocker zu setzen, bevor Esther Mae seinen Namen rief.

„Nicht dahin", rief sie. „Wir diskutieren das Rodeo und das Festival. Wir brauchen deinen Input."

Sam grinste hinter der Theke hervor. „Du bist zur

falschen Zeit reingekommen. Sogar App und Stanley sind geflohen, als sie alle hier eingefallen sind."

Kurt sah sich im Raum um und stellte fest, dass die Frauen in den Sitznischen auf der einen Seite des Gastraumes saßen und die andere Seite leer war. „Sieht so aus, als hätte ich meine Chance verpasst."

„Jupp. Das hast du. Aber wenn du schonmal hier bist, kannst du es genauso gut hinter dich bringen. Ich bringe dir ein schönes Glas kalten Eistee. Willst du einen Burger dazu?"

„Wahnwitzig witzig, Sam. Wirklich. Ein Burger wäre gut." Er ging zu dem Tisch neben dem, an dem Mandy saß. Sie sah nicht allzu begeistert aus, ihn zu sehen.

„Hey, Mandy, wie geht's dir?", fragte er. Sie hatte vielleicht keine hohe Meinung von ihm, doch das hielt ihn nicht auf. Immerhin war er kein Bösewicht, und wenn sie mit ihm ausgehen würde, würde sie das vielleicht sehen. Zumindest würde sie vielleicht sehen, dass er kein Glas Tee im Gesicht verdient hatte.

„Hi, und wie geht's dir?", sagte sie und sah unbehaglich aus.

„Gut." Er tippte an seinen Hut. „Tag, die Damen."

Er zog einen Stuhl von einem Tisch heran und war sich all ihrer Blicke sehr bewusst. Als sie ihn begrüßten, unterhielt er sich kurz mit jeder einzeln. Viele von ihnen waren ungefähr in seinem Alter. Sie waren in den letzten zwei Jahren hierher gezogen und hatten seine Freunde geheiratet.

Mandy beobachtete ihn dabei, und er fragte sich, was sie dachte. Diese Frauen wussten, dass er kein schlechter Mensch war. Vielleicht war das eine gute Sache.

„Wie läuft's?", fragte er sie und beugte sich zu ihr hinüber. „Heute Morgen schon geritten?"

„Oh ja. Tate hat mir vom Laufstall aus zugesehen, während ich ein paar Läufe geritten bin. Er beobachtet mich und Murdoch gerne bei den Fässern."

Lacy hielt den kleinen Jungen, der auf ihrem Schoß stand und äußerst zufrieden aussah.

Er wollte gerade fragen, wie alt Tate war, als Norma Sue anfing, über all das zu reden, was am Eröffnungstag des Rodeos geplant war. Er setzte sich und warf Mandy einen Seitenblick zu, die aufmerksam dem lauschte, was Lacy und Norma Sue sagten. Kurt hatte nicht gewusst, dass so viele Aktionen geplant waren. Ein *Versenk-den-Cowboy*-Stand, Kuchenwerfen, Kuhfladenweitwurf, Dreibeinrennen; Die Liste ging weiter und weiter. Er hatte auch nicht gewusst, dass ein kleiner Rummel in die Stadt kommen und auf einer der Weiden seine Zelte aufschlagen würde.

„Ein Rummel?", fragte Mandy munter.

„Ja! Ist das nicht aufregend?", sagte Lacy. „Ich wollte es heute allen als Überraschung erzählen. Ich habe es gerade heute Morgen erfahren. Nichts Großes. Nur ein paar Fahrgeschäfte."

„Ich hoffe, es gibt ein Riesenrad", sagte Esther Mae. „Ich liebe Riesenräder!"

„Ja, das ist eines der Fahrgeschäfte, und dann gibt es noch so einen Kraken."

Esther Mae strahlte. „Das ist toll. Das wird ein Spaß werden!"

Mandy nickte, und er bemerkte, dass ihre Lippen zuckten. Er entschied in diesem Moment, dass er diese Fahrgeschäfte mit ihr ausprobieren würde. Das könnte sich jedoch als größere Herausforderung erweisen, als sie dazu zu bringen, mit ihm zum Abendessen zu gehen.

Denn zur Zeit ignorierte Mandy ihn mehr oder weniger, auch wenn er nur einen Meter von ihr entfernt saß.

Frustrierter als er zugeben wollte stand er auf, verabschiedete sich von den Frauen und machte sich auf den Weg, um bei Petes Futterladen Nachschub zu kaufen. Wenig später ging er zu seinem Truck zurück, als Mandy in einem der Matlock Ranch–Trucks an ihm vorbeifuhr und ihn nicht einmal ansah.

Er wäre ihr fast nachgefahren. Schließlich musste er bei Clint vorbeischauen, und das konnte er genauso gut jetzt erledigen. Er brachte sich schließlich selbst zur Vernunft und fuhr stattdessen seinen Lastwagen nach Hause. Was war nur los mit ihm?

Mandy hatte keine sonderlich hohe Meinung von ihm. Ihr zu folgen würde daran sicherlich nichts ändern. Sie hielt wahrscheinlich nicht mehr von ihm als Erica es tat. Doch wenn er ehrlich war, hatte ihn Mandys Meinung wach liegen lassen, lange, nachdem er seine Pferde und Rover, seinen Labrador, gefüttert hatte.

Ja, Mandy Brown machte ihn sprachlos, und er war sich nicht sicher, was er dagegen tun sollte.

KAPITEL FÜNF

Am Sonntag trug Mandy ihre Haare offen, zog ein rotes Kleid an und ging mit Lacy in die Kirche. Es war eine ziemliche Erfahrung, als sie die idyllisch gelegene, weiße Holzkirche mit dem hohen Kirchturm betrat.

Chance Turner war der Pastor der Mule Hollow Church of Faith, und sie hatte ihn kurz beim Grillen getroffen. Er war um die dreißig, gutaussehend und durch und durch ein Cowboy. Anstelle eines Anzugs trug er gebügelte Jeans, einen Westerngürtel, ein gestärktes Hemd und Cowboystiefel. Als er sie draußen begrüßte, hatte er einen cremefarbenen Stetson auf dem Kopf, den er tief in die Stirn gezogen hatte. Der Hut wirkte so selbstverständlich auf seinem

Kopf wie der Rest der Westernkleidung, die er trug. Sie fragte sich, was er sagen würde, wenn sie ihm von der Wut erzählte, die in ihrem Bauch brodelte. Die Wut auf ihren Vater, die sie nicht loswerden konnte. Sie konnte sich vorstellen, dass er ihr vielleicht einen guten Rat geben konnte. Nach dem Gottesdienst hatte sie das dringende Bedürfnis, mit jemandem zu reden.

Sie zögerte, als sie ihm die Hand schüttelte. „Das war eine schöne Predigt", war alles, was sie sagen konnte.

„Ja, das war sie", stimmte Lacy zu. „Chance schafft es immer, den Leuten in die Herzen zu blicken und genau das zu sagen, was wir gerade hören müssen. Ich gehe nur schnell Tate aus der Kinderkrippe holen. Ich bin gleich wieder da."

Sie sah ein Flackern in den Augen des Pastors, als er sie wieder ansah, als ob er spürte, dass etwas in ihrem Kopf vorging – oder in ihrem Herzen. Wusste er, dass sie einen inneren Krieg führte?

„Freut mich, dass es Ihnen gefallen hat", sagte er, und sein Lächeln wich einem ernsteren Gesichtsausdruck. „Kann ich irgendetwas für Sie tun, Mandy?"

Ihr Magen drehte sich. „N…nein. Es geht mir gut." *Schamlose Lügnerin!*

Er kniff die Augen zusammen und durchbohrte sie mit seinem Blick, als hätte er sie durchschaut. Er lächelte ermutigend. „Das ist schön. Aber wenn Sie es sich anders überlegen sollten, wissen Sie, wo Sie mich finden. Ich habe immer ein offenes Ohr."

„Danke, Pastor Turner."

„Wir sind hier ziemlich entspannt. Wir können uns ruhig duzen. Nenn mich Chance. Hast du meine Frau Lynn schon kennengelernt?"

„Oh ja, und eure Jungs auch."

Er lächelte. „Oh ja, vor den beiden solltest du dich in Acht nehmen."

„Ach, das ist doch normal. Sind eben Jungs. Es war schön, dich zu kennenzulernen." Sie wandte sich zum Gehen.

„Denk daran, wenn du das Bedürfnis hast zu reden — meine Tür ist immer offen. Lynn hilft in der Gemeinde mit, und sie ist auch da, falls du mit ihr reden möchtest."

„Danke, das werde ich im Hinterkopf behalten. Bis bald." Sie konnte nicht schnell genug davonkommen. Ihr Herz taumelte vor dem Schweregefühl und der Verwirrung, die sie in sich trug. Was sollte sie tun?

Sie rannte fast, um Lacy zu finden, als sie um die Ecke bog, um vor Chance' wissendem Blick zu fliehen, und hätte dabei Kurt fast umgerannt.

„Whoa! Machst du heute Barrel Racing ohne Pferd?", fragte er und wich ihr aus.

„Ähm, ja. Ich meine nein." Sie konnte ihm nicht wirklich aus dem Weg gehen, auch wenn sie das nur zu gern getan hätte. Kleinstädte machten es einem schwer, jemanden zu meiden. Doch es war egal, sagte sie sich. Immerhin hatte sie ihm klar und deutlich gesagt, was sie vom Daten hielt. Sie hatte ihn während des Gottesdienstes nicht bemerkt, obwohl sie sich nach ihm umgesehen hatte – ja, sie gab zu, dass sie in der Menge nach seinem hübschen Gesicht gesucht hatte.

„Du siehst aus, als hättest du es eilig. Ist alles okay?"

„Ja. Ich bin auf der Suche nach Lacy, weil ich mich auf den Weg machen will. Ich will heute Nachmittag noch ein paar Läufe versuchen." Warum rechtfertigte sie sich? Was hatte der Mann an sich, dass sie so in die Defensive gehen ließ? Andererseits war es vielleicht der ganze Morgen, der sie in die Defensive gehen ließ. Sie war in die Kirche gegangen, auch wenn sie lieber zu Hause geblieben wäre und Murdoch um die Fässer geritten hätte.

„Dann hab noch einen schönen Tag", sagte er und ging zum Parkplatz.

Sie blickte ihm nach, irritiert, dass er nicht versucht hatte, länger zu reden.

Irritiert, weil sie wünschte, er hätte es versucht …

Kurt ging direkt nach der Kirche nach Hause. Sein jüngerer Bruder Jess würde bald mit einer neuen Ladung Vieh aus Fort Worth ankommen. Es war eine gute Ausrede, ihn davon abzuhalten, darüber nachzudenken, wie hübsch Mandy an diesem Morgen ausgesehen hatte. Sie hatte ein rotes Kleid getragen, das toll an ihr ausgesehen hatte – doch er war sich fast sicher, dass sie in allem fantastisch aussah. Was war an dieser Frau, dass sie ihm so den Kopf verdrehte?

Jess fuhr gerade auf den Hof, als Kurt sich umgezogen hatte und auf die wartenden leeren Pferche zuging. Er beobachtete, wie sein Bruder den großen Viehanhänger an das Tor heranfuhr. Kurt musste immer lächeln, wenn er Jess dabei zusah, und erinnerte sich an das erste Mal, als sein kleiner Bruder es geschafft hatte, den großen Anhänger ohne Zirkeln direkt an das Tor zu manövrieren.

Jess war mit seinen eins fünfundneunzig größer und schmaler gebaut als Kurt. Kurt und Colt hatten ihn immer „den kleinen großen Bruder" genannt, weil er ihn schon überragt hatte, bevor sie das Highschoolalter erreicht hatten. Colt war mit eins siebenundsiebzig kleiner und kompakter gebaut wie der Bullenreiter, der er war. Alle drei Brüder standen einander nahe, weil die Ausbrüche ihres betrunkenen Vaters sie dazu gezwungen hatten sich zusammenzuschließen, um sich zu verteidigen. Mit brüderlichem Stolz beobachtete Curt, wie Jess aus dem Truck stieg. Er war stolz darauf, sowohl Colt als auch Jess als Brüder zu haben.

„Hey, Honey, ich bin zu Hause", lachte Jess, ging auf ihn zu und klopfte ihm auf den Rücken. Es war ein Witz, den sie gerne untereinander austauschten, da es allen dreien schwerfiel, sich niederzulassen. Kurt schmunzelte. „Ich habe dich auch vermisst."

„Na, das ist eine Lüge. Nach allem, was die Gerüchteküche sagt, warst du ziemlich damit beschäftigt, Frauen zu jonglieren, um deinen Bruder überhaupt vermissen zu können."

„Ich hätte wissen sollen, dass du das mit dem Tee hören würdest. Lass mich raten. Du bist vor Lachen wahrscheinlich fast in den Straßengraben gefahren."

Jess warf ihm einen wissenden Seitenblick zu und nickte. „Jupp."

Sie gingen zum hinteren Teil des Anhängers. Er wusste nicht, von wem Jess die Geschichte gehört hatte, doch er war sich sicher, dass er es irgendwann erfahren würde, darum machte er sich nicht die Mühe, zu fragen.

„Du hättest wissen sollen, dass sich diese Frau nicht einfach so abservieren lassen würde."

„Ich habe niemanden abserviert. Ich bin zweimal mit ihr zum Abendessen gegangen. Das ist alles."

„Als ich sie das erste Mal gesehen habe, habe ich schon gesehen, dass sie auf Heiraten und Familie aus ist. Was glaubst du, warum *ich* sie nicht zu einem Date eingeladen habe?"

Kurt schüttelte den Kopf und brummte. „Sie

schien nett zu sein, und sie hat mir gesagt, dass sie nur daten wollte."

Jess zog eine Braue in die Höhe. „Und ich bin bereit, gestern eine Familie zu gründen."

„Ich weiß, dass das eine Lüge ist."

Jess lachte, als er den Anhängerriegel zurückschob und sie das Tor öffneten.

„Erica ist nur wütend, weil ihr Plan nicht aufgegangen ist. Sie hat dir ihren Tee ins Gesicht gekippt, weil sie dachte, dass sie dich bis zum zweiten Date um ihren Finger gewickelt haben würde und ihr beim dritten Date schon auf dem Weg zum Altar wärt."

Sicher hatte sie das nicht gedacht.

„Du musst wirklich aufpassen mit einigen dieser Mädels. Sie können hinterhältig sein, wenn es darum geht, das zu bekommen, was sie wollen. Zuerst ziehen sie eine Show ab, doch dann zeigen sie dir, wer sie wirklich sind. Ich sage nur, du musst ein bisschen genauer hinschauen, Bruderherz, sonst wachst du vielleicht auf und bist verheiratet mit ..."

„Okay, okay, ich hab's begriffen, Jess."

Jess stützte einen Stiefel auf den unteren Holm des

Zauns und warf ihm einen skeptischen Blick zu.

Eines verstanden die Holden-Brüder sicher: Ehe bedeutete nicht immer glücklich oder besser. Kurt begann, sich Sorgen zu machen, ob Jess sich dem Konzept Ehe gegenüber ganz verschlossen hatte.

„Die sehen gut aus", sagte Kurt und wechselte das Thema zurück zu den einjährigen Kühen, die sich aus dem Anhänger bewegten.

„Das sollten sie auch, bei dem Preis, den wir bezahlt haben." Jess lächelte. „Aber sie sind es wert."

„Wie war Okeechobee?"

„Immer noch tief im Herzen von Florida und eine lange Fahrt nach Hause."

Kurt lachte. „Du bist derjenige, der gerne fährt."

„Ja, ja. Das tue ich. Gibt einem Mann Raum zum Atmen. Erzähl mir von dieser Mandy Brown, von der ich gehört habe."

„Bist du sicher, dass du überhaupt weggewesen bist? Oder hast du dich hinten auf meinem Truck versteckt?"

Jess zog eine Braue hoch und blinzelte unschuldig. „Hey Mann, ich habe meine Quellen. Also? Du magst sie?"

„Sie ist interessant", sagte Kurt.

„Ich habe gehört, ihr habt die Aufmerksamkeit der alten Damen auf euch gezogen." Jess hörte auf zu lächeln. „Wenn du nicht aufpasst, könntest du in Schwierigkeiten geraten."

Kurt schloss den Anhänger und schob lautstark den Riegel vor. „Wegen dieser drei mache ich mir keine Sorgen."

„Solltest du vielleicht. Vielleicht musst du dich zurückziehen, bevor sie sich verbeißen."

„Sie haben dieses Rodeo und den Jahrmarkt. Damit sollten sie beschäftigt sein. Das gibt mir knapp zwei Wochen Atempause. Und wenn es erst einmal soweit ist, wird so viel los sein, dass sie mich schon ganz vergessen haben werden."

Jess lachte, als er zum Führerhaus ging. „Ja, halt du nur schön weiter an dieser Einstellung fest. Ich denke, spätestens im Herbst wirst du verheiratet sein."

„Wohl kaum." Kurt runzelte die Stirn, als er zu seinem eigenen Truck ging. Mandy faszinierte ihn, das gab er zu. Doch von den kuppelwütigen alten Damen, so nett sie auch waren, in eine Ehe gedrängt zu werden – das würde er nicht zulassen, und sein Bruder wusste das.

KAPITEL SECHS

Kurt ließ ein paar weitere Zaunpaneele fallen, die sie benötigen würden, um die zusätzlichen Tiere unterzubringen. Mandy war gerade mitten in einem Lauf, als Kurt an der Arena vorbeiging. Ihr Zopf schlug gegen ihren Rücken, als sie und Murdoch vorbei galoppierten. Sie trug ein blaugrünes T-Shirt, das zu ihren Augen passte. Augen, die ganz auf die Fässer konzentriert waren.

Es war nicht etwas, das sofort getan werden musste, aber es war eine gute Ausrede, um aufzuhören.

Ihre Zeiten wurden immer besser, und sie wirkte entspannter im Sattel als beim letzten Mal, dass er sie beobachtet hatte. Sie konzentrierte sich so sehr, als sie um das letzte Fass herum kam, dass er vermutete, dass sie ihn wahrscheinlich nicht auf dem obersten Holm des Arena-Zauns sitzen sah. Was gut war. Sie war heute mit ihren Gedanken bei ihren Fässern. Er andererseits war jedoch nicht so konzentriert, wie er es sein sollte. Mandy hatte seine Gedanken viel mehr beschäftigt, als er wollte, doch es schien nichts zu geben, was er dagegen tun konnte. Kurt mochte Herausforderungen. Und er war es nicht gewohnt, nein zu hören. Was sollte das alles also? Er sah zu, wie sie von Murdoch absprang, bevor er ganz zum Stillstand gekommen war. Sie landete im weichen Sand und rannte ein Stück mit ihm.

„Überlegst du, auch beim Ziegenfesseln anzutreten?", sagte er gedehnt und erschreckte sie, weil sie nicht bemerkt hatte, dass er da war. Als sie ihn sah, schoss ihr Kinn nach oben.

„Wo kommst du denn her? Ich habe dich gar nicht kommen sehen." Sie atmete schwerer als normal, als sie neben ihrem Pferd her joggte.

„Ich denke, das liegt daran, dass du dich offensichtlich konzentriert hast. Das ist doch gut, oder?"

„Schon. Aber ich dachte ich wäre alleine."

„Tut mir leid. Du hast gerade ausgesehen, als würdest du einer Ziege nachjagen wollen."

Sie schüttelte den Kopf, und ihre Augen blitzten gereizt. „Kann das nach dem College nicht mehr machen."

„Du hast trotzdem so ausgesehen, als würdest du es tun."

Sie biss sich auf die Innenseite ihrer Lippe und sah verlegen aus. „Früher habe ich das auch gemacht. Ich wollte nur sehen, ob ich noch so abspringen kann wie früher." Sie rieb ihre Handfläche über die Vorderseite ihrer ausgewaschenen Jeans.

Er grinste. „Und du wolltest nicht, dass dich jemand dabei sieht."

Sie runzelte ihre Stirn und hätte ihn mit ihrem Blick durchbohrt, wenn das möglich gewesen wäre. „Ich habe ja gesagt, ich dachte, ich wäre allein."

Sie war verlegen – und wütend. Aus ihren Augen blitzte blaugrünes Feuer, als sie den Blick von ihm abwandte.

Er wunderte sich – worüber war sie so wütend?

Von ihr angezogen trat er auf sie zu. Er hob seine Hand und berührte ihre Wange. Sie atmete schwer, bewegte sich aber nicht. „Was nagt so dermaßen an dir?", fragte er sanft und strich ihr mit dem Daumen über die Wange.

Unter der Oberfläche war etwas, das sie verzehrte. Er spürte es, und er wollte helfen. „Sag mir, warum du so wütend bist, Mandy."

Ihr Herz hatte angesichts des Ausdrucks in Kurts Augen ausgesetzt, angesichts der zärtlichen Berührung seiner Hand und der Sorge in seiner Stimme. „Nichts", sagte sie, während der innere Aufruhr in ihr darum flehte, gehört zu werden. Sie hatte den ganzen Morgen Probleme gehabt, nachdem sie einen Anruf von ihrem Vater erhalten hatte. Sie hatte den Anruf nicht angenommen, doch allein seinen Namen auf dem Display zu sehen, hatte sie aufgewühlt.

All die Schuldgefühle und Verwirrung, die sie am Sonntag empfunden hatte, waren mit aller Macht wiederaufgetaucht. Und die Wut auf ihren Vater, weil er der Auslöser von allem war, hatte sie in eine Abwärtsspirale geschleudert. Jetzt nagte diese Unsicherheit wieder an ihr. Die Ungewissheit, ob sie Vergebung in ihrem Herzen hatte. War es ihr Vater, der *sie* um Vergebung bitten musste? Warum hatte sie dann solche Schuldgefühle? War es schließlich nicht ihr Vater, der vorgab, der perfekte Vater, Versorger und Ehemann zu sein?

Es war ihr Vater, der im Unrecht war. Es war ihr Vater, der sie dazu gebracht hatte, ihn genug zu respektieren, um ihre Träume vom Barrel Racing aufzugeben, Träume, die sie von ganzem Herzen hatte wahrmachen wollen… und es war ihr Vater, dessen Lügen darüber, wer er wirklich war, und dessen Verrat sie so tief trafen, wenn sie darüber nachdachte, dass die Wut sie innerlich zerriss.

Sie glaubte nicht, dass irgendjemand verstehen konnte, was sie empfand, nicht einmal der Pastor, nicht einmal Lacy – doch Kurts fragender Blick drang durch die dunklen Gefühle, die in ihr kreisten. Es war, als könnte er in die tiefsten Winkel ihres Herzens sehen, direkt zum Schmerz. Der bloße Gedanke zwang sie zum Handeln. Nein, sie wollte nicht, dass er oder jemand anderes so tief blickte.

Sie wollte nicht, dass er wusste, wie zerrissen sie war. Wie schwach sie sich fühlte. Es ging ihn nichts an, und sie wollte nicht darüber reden.

Darüber reden bedeutete, ihn an sich heran zu lassen, und sie war nicht bereit, das zu tun. Es war gefährlich.

„Alles ist gut", sagte sie mit festerer Stimme und wich zurück, weg von der Berührung seiner Hand.

Die Berührung seiner dunklen Augen jedoch blieb und hielt sie fest. Seine Schultern schienen breit genug zu sein, um ihre Probleme tragen zu können. „Ich glaube dir nicht", sagte er. „Etwas sagt mir, dass du einen Freund brauchst. Jemanden zum Reden. Bitte sprich mit mir, Mandy."

Als ob er wüsste, dass er irgendeiner Sache auf der Spur war. Der Mann war standfest wie ein Mammutbaum, und sie fragte sich, wie es sich anfühlen würde, in seinen Armen geschützt zu sein. Wieder vertrauen zu können.

„Nein. Es geht dich nichts an", sagte sie. „Lass gut sein."

„Warum? Damit dich das, was dich belastet, auffressen kann? Damit du es zwischen dich und deinen Traum kommen lassen kannst?" Er gestikulierte in Murdochs Richtung.

„Kümmere dich um deinen eigenen Kram", blaffte sie ihn an und fühlte sich plötzlich innerlich hässlich.

Ein überraschendes, verheerendes Lächeln huschte über sein gebräuntes, attraktives Gesicht. „Tut mir leid, Mandy. Ich habe das Gefühl, dass das eine Bitte ist, die ich nicht erfüllen kann."

Mandys Herz stolperte und befand sich quasi im freien Fall. Erschüttert von der Aufrichtigkeit in seinen Augen tat sie das Einzige, was sie tun konnte – sie wirbelte herum und stürmte durch die Arena zu Murdoch.

Wie konnte dieser Mann es wagen, die Mauer zu durchdringen, die sie errichtet hatte, um sich zu schützen? Wie schwach von ihr, versucht zu sein, ihre Verteidigungsmaßnahmen aufzugeben. Sie griff nach Murdochs Sattelhorn und schwang sich auf seinen Rücken. Sie fühlte sich wie eine indianische Kriegerin, die auf den Kriegspfad ging, packte die Zügel, drehte das arme, erschrockene Pferd herum und ritt los. Wenn das geschlossene Tor nicht gewesen wäre, wäre sie versucht gewesen, aus der Arena zu reiten.

Das Schlimmste daran war, dass Kurt wusste, dass sie etwas verbarg.

Wie konnte ein beinahe vollkommen Fremder sie so durchschauen? Wie war das möglich?

* * *

Er hatte einen Nerv getroffen. Kurt sah zu, wie das

wütende Cowgirl davonritt, als wäre ein Rudel hungriger Kojoten hinter ihr her. Irgendetwas schmorte definitiv in ihr. Etwas, das sie schwer belastete. Etwas, das noch sehr wund war.

Unter seinem aufmerksamen Blick flogen sie und Murdoch auf das erste Fass zu. Mandys Augen waren auf das Fass gerichtet, doch sie hatte keinen Rhythmus. Sie waren zu schnell und zu nah dran, als Murdoch um das Fass herum schoss. Das Geräusch ihres Knies, das gegen das Fass rammte, hallte durch die Arena. Der harte Aufprall warf sie vom Pferd, und sie schlug mit einem dumpfen Schlag am Boden auf. Staub stob um sie herum auf, als sie abrollte und mit dem Gesicht im Dreck liegen blieb.

Kurt fing an zu rennen, als sie stürzte. Er ging neben ihr auf die Knie und rollte sie vorsichtig herum. Sie blinzelte, schnappte nach Luft und versuchte, sich aufzusetzen. Schmerz verzerrte ihr hübsches, schmutziges Gesicht, als sie nach ihrem Knie griff.

„Bist du okay?" Er konnte seine dumme Frage über das Pochen seines Herzens kaum hören. Natürlich war sie nicht okay. *Was für eine dumme Frage*, dachte er, als sie vor Schmerzen ihr Knie umklammerte.

Sie nickte, blickte aber nicht zu ihm auf.

Sein Knie schmerzte, wenn er sie nur ansah, darum hob er sie behutsam auf. „Lass uns dich da rüber bringen und uns das mal ansehen."

„Lass mich runter", sagte sie, doch das Zittern in ihrer Stimme verriet ihren Schmerz.

„Nein", sagte er und hielt sie fest, als sie sich aus seinen Armen befreien wollte. „Erst, wenn ich sicher bin, dass es dir gut geht." Er hatte das Gefühl, dass er tun sollte, was sie verlangte – zu seinem eigenen Wohl sollte er sie absetzen und gehen.

Das wäre klug, doch etwas an Mandy Brown weckte in ihm das Bedürfnis, tiefer zu graben und herauszufinden, was sie verletzt hatte. Denn er hatte keinen Zweifel daran, dass sie verletzt worden war. Und er wollte helfen.

Jess würde ihm sagen, dass er gehen und nicht zurückblicken sollte. Doch das konnte er nicht. Zum ersten Mal konnte er nicht einfach weggehen.

Mandys Knie schmerzte immer noch von dem direkten Aufprall, doch das Pochen ließ nach. In Kurts Armen zu sein hatte sie ins Wanken gebracht. „Erst, wenn ich sicher bin, dass es dir gut geht", hatte er in bester John-Wayne-Manier gesagt. Um ehrlich zu sein, wenn sie nicht so abgelenkt gewesen wäre, weil sie in seinen Armen lag, hätte sie ihn dafür vielleicht für charmant gehalten!

Seine Arme schlossen sich fester um sie, als sie versuchte, sich aus seinem Griff zu befreien. Doch es half nichts, und er trug sie fest zu den Bänken außerhalb der Arena.

„Mir geht's gut!" Sie verschränkte die Arme und versuchte, nicht zur Kenntnis zu nehmen, wie stark er war. Oder wie gut er roch – eine Kombination aus Kiefernholz und etwas Zitrus, die sie dazu brachte, ein bisschen tiefer einzuatmen. *Was tat sie da?* Vor ein paar Sekunden hatte sie versucht, von ihm wegzukommen. Jetzt war sie in seinen Armen ... und es gefiel ihr!

„Mein Knie tut nicht mehr weh", protestierte sie.

„Gut. Ich werde es mir trotzdem ansehen. Und jetzt hör auf, rumzuzappeln", sagte er fast hart, als er vor einer Bank stehen blieb.

„Warum bist du überhaupt hier?", fragte sie erleichtert, als er sie vorsichtig absetzte.

Er nahm seinen Hut vom Kopf, ging auf ein Knie und sah ihr direkt in die Augen. *Meine Güte* – sie war sprachlos. Seine dunklen Augen schienen in sie hinein zu brennen. „Um zu sehen, was du so treibst."

Ihr Puls stolperte angesichts der Aufrichtigkeit seiner Antwort. Sie schluckte. „Warum das denn?"

„Weil ich dich trotz allem mag. Tut das weh?" Er starrte ihr Knie an und betastete es vorsichtig.

Machte er Witze? Sie hatte im Moment keine Schmerzen! „Ist ein bisschen gereizt, aber sonst okay. Es bringt dir nichts, mich zu mögen. Das habe ich dir doch schon gesagt." Sie meinte es auch so – auch wenn sie vor ein paar Minuten versucht gewesen war, dem Mann ihr Herz auszuschütten.

Er lachte ungläubig. „Kannst du dich mal einen Moment nicht ganz so wichtig nehmen? Ich dachte, du und ich könnten Freunde sein. Mehr nicht. Was auch immer an dir nagt, vielleicht fühlst du dich besser, wenn du darüber redest. Spuck's einfach aus."

Sie musterte ihn, wütend auf sich selbst, weil sie versucht war, es zu tun. „Warum interessiert es dich so sehr, was an mir nagt?"

„Also habe ich Recht. Etwas nagt an dir."

„Das habe ich nicht gesagt…"

„Oh doch, das hast du."

„Habe ich *nicht*."

Er senkte sein Kinn und sah sie mit einem Blick an, der einfach süß war, auch wenn es ein ungläubiger Blick war.

Er war fast auf Augenhöhe mit ihr, da er immer noch kniete und seine Hand auf ihrem Knie ruhte. Jenem Knie, das längst aufgehört hatte zu schmerzen, darum war sie sich jetzt seiner Berührung sehr bewusst. „Glaub mir, ich weiß, dass es Dinge gibt, die man nicht ändern kann." Aufrichtigkeit lag in seinem Ton. „Doch ich kann dir sagen, dass darüber reden hilft, den Schmerz zu lindern."

Das reichte, Zeit, von diesem Mann wegzukommen! Sie stand abrupt auf, trat einen Schritt von ihm weg, testete ihr Knie und war dankbar, dass es sich halbwegs okay anfühlte. Wenn sie noch lange in seiner Nähe bleiben würde, würde sie in große Schwierigkeiten kommen.

Er stand ebenfalls auf. „Es ist ein Wunder, dass dein Knie nicht auf Wassermelonengröße angeschwollen ist. Und wie geht es deinem Rücken?

Ich würde dir zehn Punkte fürs Abrollen geben, nachdem er dich abgeworfen hat."

Sie lachte, und die Spannung ließ nach. „Erstaunlicherweise ist der auch okay. Ich kann natürlich noch nicht sagen, wie es sich anfühlen wird, wenn ich morgen aufwache."

„Das stimmt." Er beobachtete sie weiter, während sie vorsichtig ihr Knie belastete und ein paar Schritte auf und ab ging. „Was ist jetzt? Willst du reden?"

Der Mann war unmöglich, dachte sie, als sie einander anstarrten. Sie wollte ihm ihre Lebensgeschichte nicht erzählen. Lacy kannte all die lächerlichen Details der Scheidung ihrer Eltern, doch sie würde sie sicherlich nicht mit Kurt teilen.

Selbst, wenn er sie so ansah, als würde er verstehen, wer sie wirklich war.

KAPITEL SIEBEN

„**D**u scheinst dich heute ein bisschen langsam zu bewegen", bemerkte Sam am nächsten Morgen, als Mandy ins Restaurant humpelte. Der Duft seines köstlichen Frühstücks lag in der Luft des rustikalen Diners.

„Ja", brummte Applegate von der Jukebox in der Ecke aus. „Was ist denn mit dir passiert? Bist wohl vom Pferd gefallen?" Er grinste und tippte mit seinem knochigen Finger auf die Musikauswahl.

„Hat hier jemand getratscht?", fragte sie argwöhnisch.

„Nein", bestritt Sam. „Wir brauchen niemanden, der uns was sagt. Wenn man so reitet wie du und auch so humpelt, muss man kein Hellseher sein, um zu sehen, was los ist."

„Ja, wirklich nicht." App ging zu seinem Tisch und setzte sich.

„Wo ist Stanley?", fragte Mandy. Der freie Stuhl an Apps Tisch sah seltsam aus.

„Er hat eine Erkältung, und er hat beschlossen, dass er sich besser in seinem Haus verkriechen und sie auskurieren sollte."

„Das tut mir leid." Sie mochte Stanley.

Applegate und er mochten neugierig sein, aber sie waren immer süß zu ihr.

„Mir auch. Jetzt habe ich niemanden zum Spielen."

Mandy unterdrückte ein Kichern angesichts seiner stirnrunzelnden Grimasse.

„Kannst du Dame spielen?", fragte er, und seine Augen leuchteten bei dem Gedanken auf.

„Ich dachte, du würdest nie fragen", lächelte sie und konnte nicht widerstehen, ihm gegenüber Platz zu nehmen. „Kann ich ein paar Sonnenblumenkerne haben?"

„Ja wirklich?" Ihm blieb der Mund offen stehen.

Sie streckte die Hand aus. „Oh ja, wirklich. Ich

wollte das schon machen, seit ich in der Stadt bin."

Ein strahlendes Lächeln breitete sich auf Apps Gesicht aus. Er gab ihr den Fünf-Pfund-Beutel mit Sonnenblumenkernen, und sie nahm eine kleine Handvoll heraus. „Ist das gut?"

„Könnte ein bisschen viel sein. Du siehst wie ein Backenhörnchen aus, wenn du zu viele auf einmal in den Mund schiebst."

„Ich würde aufpassen, wenn ich du wäre", warnte Sam vom hinteren Ende des Gastraumes aus, wo sich ein Haufen Cowboys in einer Sitznische über ihr Frühstück hermachte, als wäre es ihre letzte Mahlzeit.

„Ich habe keine Angst vor Applegate", schnaubte sie und warf die Sonnenblumenkerne in ihren Mund.

Er hob eine buschige Braue. „Bist du dir da sicher?"

Sie rieb erwartungsvoll ihre Hände. „Oh, ich bin mir sicher", schmunzelte sie. „Zeig mir, was du drauf hast." Das würde lustig werden.

App und sie studierten das Brett.

„Du zuerst." Er blinzelte sie von der anderen Seite des Tisches an, wie ein Revolverheld, der seinen Gegner einzuschätzen versuchte. Er starrte Mandy an, als zuckte sein Abzugsfinger schon. Er hielt sie im Visier, beugte sich dann vor und feuerte mehrere Sonnenblumenkernhülsen in den Spucknapf auf dem Boden neben dem Tisch.

Sie hatte das Gefühl, als würden die Hülsen in ihrem Mund wachsen, beugte sich vor und zielte, dann spuckte sie. Leider schossen ihre Hülsen wenig gezielt heraus, verfehlten den Spucknapf und fielen zu Boden, wo sie ruhmlos liegen blieben. Es war wirklich peinlich.

App zog eine Augenbraue hoch. „Ich hoffe, du spielst besser Dame als du spuckst."

Sie schob die Hülsen, die immer noch in ihrem Mund waren beiseite, damit sie antworten konnte. „Ich werd's versuchen. Es ist eine Weile her, aber ich denke mal, es ist wie reiten."

„Denkst du?"

„Ja, denke ich." Sie zwinkerte dem älteren Mann zu und machte dann den ersten Zug. „Auf geht's", sagte sie. Es war lange her, dass sie Dame gespielt hatte. Schach war eher das Spiel ihres Vaters gewesen. „Das ist eher das Spiel eines intelligenten Mannes", hatte er gern gesagt und sie oft herausgefordert. Es hatte sie gelangweilt, doch sie war froh, mit ihm spielen zu können. Es war nie leicht gewesen, ihrem Vater nahe zu kommen. Manche Kinder spielten mit ihrem Vater Fangen. Sie spielte Schach. Nicht, dass sie sehr gut darin gewesen wäre, doch sie hatte es versucht. Sie hatte sich immer gewünscht, sie hätten zusammen reiten können. Die Tatsache, dass er ihr mit zwölf Jahren ein Pferd geschenkt hatte, war eine totale Überraschung gewesen. Wenn sie jetzt daran zurückdachte, war das in etwa zur selben Zeit gewesen, als er begonnen hatte, mehr Zeit im Büro zu verbringen.

„Willst du einen Zug machen oder die Steine zu Tode starren?"

„Oh", keuchte sie und verschluckte sich fast an einer Hülse. Sie war mit ihren Gedanken abgeschweift. „Immer langsam mit den jungen Pferden." Sie machte einen Zug, und er sprang sofort über zwei ihrer Steine.

„Du bist nicht gerade schlau in diesem Spiel, was?"

Sam schüttelte den Kopf. „Ich habe dich gewarnt, dich nicht auf den alten App einzulassen. Er kennt keine Gnade."

Die Tür ging auf, und sie sah sich um. Sofort erstarrte sie. Kurt kam herein, und sein Blick traf ihren wie eine Rakete ein Ziel. Seine Augen wanderten von ihr in den Raum und dann zurück zu ihr.

„Hey, Kurt", polterte App. „Komm rüber und hilf einem armen alten Kerl raus."

„Whoa, keine Hilfe von außen", knurrte Mandy, starrte auf das Brett und machte dann einen Zug. Sie konnte spüren, dass Kurt hinter ihr stand und über ihre Schulter blickte.

„Sieht so aus, als wäre er nicht derjenige, der Hilfe braucht", sagte er gedehnt.

Sie drehte den Kopf und blickte finster in seine kakaobraunen Augen. Er blinzelte unschuldig und lächelte.

„Schau mich nicht so an. Ich sag ja nur, dass das gerade ein ganz schlechter Zug war."

„Wie wäre es, wenn du deine Meinung für dich behältst? Ich mache meine Züge und kann alleine leiden oder feiern." Sie spuckte einen Sonnenblumenkern in Richtung Spucknapf, der jedoch nur die Kante traf, bevor er auf Kurts Stiefel landete. Perfekter Schuss.

Der Ausdruck auf seinem Gesicht war unbezahlbar. Sie grinste ihn an.

„Süß. Wirklich süß." Er stellte sich neben App. „Ich denke, ich werde dich lieber von hier drüben leiden sehen."

Sie hatte nicht vor zu verlieren, doch App machte seinen Sprung und nachdem sie ihren nächsten Schritt gemacht hatte, fegte der alte Mann sie förmlich vom Brett! Wie dumm sie sich in diesem Moment vorkam ... es war erbärmlich. Der Rest des Spiels war kurz und gar nicht schmerzlos. Es war demütigend. Schach war komplizierter, und dennoch hatte sie gegen App beim Damespielen verloren wie ein Schulmädchen, das noch nie Schach oder Dame gespielt hatte.

App sah sie an, warf eine Handvoll Sonnenblumenkerne in seinen Mund und grinste, wobei er seine Zähne bis zu seinen Backenzähnen entblößte. „Das war, als würde man einem Kleinkind die Süßigkeiten wegnehmen."

Kurt kicherte. „Pass auf, dass sie das nicht als Kriegserklärung betrachtet, App. Mandy verliert nicht gern."

Sam war vorbeigekommen, um sich das Ende des

Spiels anzusehen, und jetzt schnaubte er. „App auch nicht. Stanley versohlt ihm sonst regelmäßig den Hintern."

„Das tut er nicht", brummte App.

Sam heulte vor Lachen. „Du kannst leugnen, so viel du willst, Applegate Thornton, aber du weißt, dass es die Wahrheit ist."

„Schon okay, App." Mandy schmunzelte und schloss Frieden mit ihrer Niederlage. Sie hatte das Spiel trotz Kurts Anwesenheit genossen. Warum musste ausgerechnet, wenn sie keinen Mann in ihrem Leben wollte, einer auftauchen, der sie vollkommen verrückt machte? „Jungs, es hat Spaß gemacht, aber ich muss gehen", sagte sie.

„Aber du hast nichts gegessen", sagte Sam.

„Ich bin nur reingekommen, um Hallo zu sagen. Ich habe ein paar Vorräte bei Pete abgeholt und wollte nur kurz vorbeischauen."

App grinste. „Du hast nicht damit gerechnet, dass du dich zu einem Dame-Spiel überreden lassen würdest, oder?"

„Nein, App. Ich hatte keine Ahnung, dass ich für Stanley einspringen würde. Sag ihm, dass er schnell wieder gesund werden soll, da ich seinem leeren Stuhl nicht gerecht werde.“

„Ich werde es ihm sagen. Ich schaue in ein paar Minuten bei ihm vorbei, um ihm eine Hühnernudelsuppe zu bringen, die Sam speziell für ihn gekocht hat.“

„Du solltest besser vorsichtig sein, damit du dir nicht einfängst, was er hat.“

„Werde ich schon nicht. Ich gehe nicht weiter als auf seine Veranda. Danach ist er auf sich gestellt.“ Mandy konnte Apps Vorsicht verstehen. Er durfte wirklich nicht aufschnappen, was sein Kumpel hatte. Doch was, wenn Stanley jemanden brauchte, der sich mehr um ihn kümmerte? Ihr Immunsystem war ausgezeichnet – sie war seit Ewigkeiten nicht mehr krank gewesen. „Was würde er sagen, wenn ich ihm die Suppe bringen würde?“

Alle drei Männer starrten sie an, als wäre sie die letzte Person auf Erden, von der sie einen solchen Akt der Nächstenliebe erwarteten. „Warum seht ihr mich so an, als hätte ich gerade das Letzte gesagt, was einer von euch von mir erwartet hätte?“

Sam warf das weiße Geschirrhandtuch über seine

Schulter. „Naja, du kennst Stanley ja kaum."

„Ich kenne Stanley. Ich war schon oft hier, seit ich in die Stadt gekommen bin, und er war immer nett zu mir."

„Das ist wahr", sagte App. „Stanley ist laut, aber er mochte dich von dem Moment an, als du das erste Mal mit Lacy hier rein gekommen bist. Abgesehen davon ist jeder Freund von Lacy ein Freund von uns ... und du bist noch mehr als das, du gehörst zu ihrer Familie."

„Das ist schrecklich süß von dir. Ich mochte euch drei auch vom ersten Moment." Sie schloss Sam in die drei ein. Kurt sah sie nicht an.

Sam lächelte. „Ich kann dir sicher sagen, dass Stanley es vorziehen würde, seine Hühnersuppe von einem hübschen Mädchen wie dir zu bekommen, als von einem runzligen alten Kerl wie App. Ich mache sie gleich fertig."

Kurt verschränkte die Arme und beobachtete sie mit einem Ausdruck, der teils amüsiert, teils erstaunt war. Dachte er wirklich nicht, dass sie so nett sein und einem kranken Mann einen Topf Suppe bringen konnte? „Weißt du, wo Stanley wohnt?", fragte Kurt schließlich.

„Nein. Aber die App kann mir die Adresse geben."

„Er wohnt ein bisschen abseits der ausgetretenen Pfade", sagte App.

„Stanley lebt an einer unbefestigten Straße, die von einer anderen unbefestigten Straße abgeht, weit an meinem Haus vorbei."

„Du kannst mir den Weg beschreiben. Ich kann Anweisungen ziemlich gut folgen." Dachten sie wirklich, dass sie einer Wegbeschreibung nicht folgen konnte? Wie schwer konnte es schon sein, einen Feldweg zu finden?

Sam kam mit einer großen Tragetasche aus der Küche. „Bring ihm das und sag ihm, dass ihm das für ein paar Tage reichen sollte. Aber wenn ich du wäre, würde ich Kurt hier bitten, dich da raus zu fahren. Wer weiß, was dir da draußen alles über den Weg laufen könnte."

„Leute, ich kann gut selbst auf mich aufpassen."

Sam schüttelte den Kopf. „Es hat nichts damit zu tun. Meine Adela hat mich angerufen, als ich hinten war, um die Suppe abzufüllen, und ich habe ihr gesagt, dass du sie Stanley bringen würdest. Sie meinte, ich soll dich nicht alleine gehen lassen. Unter keinen Umständen solltest du da raus gehen, ohne, dass Kurt dich fährt." Er senkte sein Kinn. „Und wenn meine Adela das sagt, dann gebe ich das natürlich an dich weiter."

Mandy hätte protestiert und getan, was sie wollte. Sie sah jedoch zu Kurt hinüber, der ihr einen Blick zuwarf, der sie zu fragen schien, wovor sie Angst hatte. Wovor *hatte* sie Angst? Vor nichts. Sie hatte keine Angst vor ihm. Sie konnte sich von ihm rausfahren lassen. Es machte ihr nichts aus.

„Dann lass uns gehen. Worauf warten wir noch?" Sie nahm die Suppe und ging zur Tür. Als sie dort ankam, drehte sie sich um und warf App und Sam einen warnenden Blick zu. „Aber ihr zwei interpretiert besser nicht mehr in diese kleine Fahrt, als dass ich mich von Kurt zu Stanley bringen lasse."

Zwei Sätze buschiger Brauen hoben sich, um auf dünner werdende Haarlinien zu treffen, obwohl beide Männer ihr Bestes gaben, um unschuldig auszusehen. Sie hätte fast gelacht, doch ein Blick zu Kurt, und sie blickte stattdessen finster drein. Der Mann sah einfach verboten gut aus. Als er die Tür für sie aufhielt und sie sich mit der Tüte Suppe an ihm vorbei schob, ermahnte sie sich, dass sie nicht daran denken sollte, wie gut er roch, wie gut er aussah, oder wie brav er den beiden alten Männern mit ihren Kuppelideen gehorchte.

„Das ist nett von dir, das zu Stanley zu bringen." Kurt hielt die Tür seines Trucks für Mandy auf und stützte sie ganz selbstverständlich am Ellbogen, um ihr in den Sitz zu helfen.

„Sowas tut man einfach."

Das gefiel ihm. Er schlug die Tür zu und ging um den Wagen herum auf die Fahrerseite. Er warf einen Blick zum großen Fenster des Restaurants, wo Sam neben Apps Tisch stand. Beide Männer grinsten wie zwei Kinder, die mit einem Streich durchgekommen waren. Er schmunzelte, als er sich ans Steuer setzte.

„Die beiden glauben, dass sie so geschickt sind. Glaubst du die Geschichte, dass Miss Adela angerufen hat?", fragte Mandy.

Kurt ließ den Truck an und fuhr los, bevor er antwortete. Er wollte den neugierigen Blicken entkommen. Er hatte auch ein paar andere Augen gesehen, die sie aus anderen Fenstern beobachtet hatten. Drüben, im Süßwarenladen. Und er glaubte, Esther Mae im Fenster von Ashby's Treasures gesehen zu haben – dem Damenbekleidungsgeschäft, das direkt gegenüber von Sams Diner lag. Jeder im Ort würde von ihrem kleinen Botengang wissen, bevor sie es überhaupt zu Stanley geschafft hatten.

„Es hat sich angehört wie etwas, das sie sagen könnte, also könnte es durchaus wahr sein. Wenn nicht, ist das ziemlich kreativ für Sam, oder?"

Sie lachte. „Oh ja, das ist es. Ist Stanleys Haus wirklich so schwer zu finden?"

„Definitiv. Er lebt unten am Fluss, und du musst durch halb Texas fahren, um dorthin zu gelangen." Er lächelte sie an. „Du wirst sehen. Und du wirst froh sein, dass du dich durchgerungen hast, deine Angst zu überwinden und dich von mir fahren zu lassen."

„Ich hatte keine Angst vor dir."

„Doch, hattest du. Hast du immer noch."

Sie warf ihm einen Blick zu, der einen wütenden Stier im Galopp aufgehalten hätte. Er forderte sie mit einem Blick heraus, bevor er sich wieder der Straße zuwandte. Sogar wenn sie kratzbürstig war, interessierte sie ihn. Er fragte sich, warum sie so oft wütend und angespannt war. Er wollte es herausfinden, genauso wie er sie dazu bringen wollte, mit ihm auszugehen. Er mochte eine gute Herausforderung, und wenn es etwas an Mandy Brown gab, das so klar war wie der blaue Himmel vor ihnen, dann, dass sie eine Herausforderung war.

Er fragte sich manchmal, wie sein Leben aussehen würde, wenn er nicht von Natur aus so hartnäckig wäre und entschlossen, sich einer Herausforderung direkt zu stellen. Jess und Colt nannten ihn immer Dickschädel, aber es war dieser Dickschädel, der ihnen allen geholfen hatte, damit fertig zu werden, als ihre Eltern sich gegenseitig angeschrien und beschimpft hatten, als sie jünger gewesen waren. Er war erst zehn Jahre alt gewesen, als sie ihre schlimmsten Streitigkeiten gehabt hatten. Als seine arme Mutter mit ihrer Weisheit am Ende gewesen war und kaum noch mit den Schwierigkeiten der Ehe mit seinem alkoholkranken Vater fertig wurde. Er war alt genug gewesen, um zu wissen, dass er seine Brüder aus dem Haus holen musste. Sie zogen sich dann immer in die große Scheune des Nachbarn zurück. Oder sie gingen zum Weiher ganz in der Nähe fischen.

Er war vierzehn gewesen, als sich seine Eltern endlich getrennt hatten. Und seine Mutter hatte ihn mit der Verantwortung für seinen Vater und seine Brüder zurückgelassen. Sie hatte ihn einfach zurückgelassen. Nichts war oder würde jemals schwieriger sein als dieser Tag. Es fiel ihm immer noch schwer, daran zu denken. Seinen Brüdern ging es genauso, besonders Jess.

„Also, wie läuft's so bei Lacy?", fragte er, als sie ein paar Meilen gefahren waren, nachdem die Stille ihn beinahe erstickt hätte.

„Großartig."

Er bog auf die erste vieler unbefestigter Straßen ab und starrte sie dann lange an. „Das ist alles? Das ist unser ganzes Gespräch?" Sie sah ihn an, und ihre Lippen verzogen sich zu einem halben Lächeln, das sein Innerstes Purzelbäume schlagen ließ.

„Dich zu ignorieren wird wohl nicht funktionieren, oder?"

„Und besonders nett wäre es auch nicht."

Sie lachte. „Nein, das wäre es nicht."

„In der Regel erfordert es mehr Mühe, unhöflich als höflich zu sein", sagte er. Sie drehte sich ein Stück in ihrem Sitz um, um ihn anzusehen. Er hielt den Blick auf die Straße gerichtet.

„Das ist sehr wahr. Es kann anstrengend sein, wenn der Mann selbst einen Wink mit dem Zaunpfahl nicht versteht."

Jetzt schmunzelte er. „Ich bin stur, was das angeht."

„Das habe ich schon bemerkt. Ich gebe nur nach, weil ich meine ganze Energie für den Wettbewerb brauche. Der arme Murdoch gibt mir zweihundert Prozent, also muss ich versuchen, ihm mindestens eine dürftige kleine Hundert zu geben. Es gibt genug Dinge, die meiner Konzentration Energie stehlen, und das auch ohne dir gegenüber unhöflich zu sein."

„Du bist ehrlich, das muss man dir lassen."

„Ich bin sehr ehrlich. Um den heißen Brei herum reden war noch nie eine meiner Stärken. Zumindest normalerweise nicht."

„Das machst du also nur dann, wenn dir keine andere Wahl bleibt." Er war sich nicht sicher, wie sie auf dieses Thema gekommen waren, doch er wusste, dass er einer Sache auf der Spur war. Ihre plötzliche Nachdenklichkeit bestätigte ihm das. Sie blickte geradeaus und kaute auf ihrer Lippe. In ihrem Kopf ging etwas vor sich, und aus irgendeinem Grund wollte er unbedingt wissen, was es war. Er sollte nicht wollen, doch er konnte die Wahrheit nicht leugnen. Er wollte wissen, wie Mandy Brown tickte.

„Dir geht viel im Kopf rum?" Es war genauso eine Aussage wie es eine Frage war. Er würde sie es auffassen lassen, wie sie wollte.

Sie blinzelte, und ihre besorgten Augen klärten sich. „Ja. Hat das nicht jeder?"

„Ehrlich gesagt schon. Aber manchmal hilft es, darüber zu sprechen. Brauchst du einen objektiven Standpunkt?"

„Bist du immer so neugierig, Mr. Holden? Wenn dem so ist, ist das vielleicht der Grund, warum du nie lange jemanden daten kannst."

„Hey, ich date so lange ich will."

„Ja, du erinnerst mich immer wieder an diese wenig schmeichelhafte Tatsache über dich."

„Und ich bin *nicht* immer so neugierig", knurrte er und ignorierte ihre letzte Bemerkung. Ihre Sicht auf seine Art, sein Leben zu führen, hatte sich offensichtlich nicht geändert. Sie hatten eine

Weggabelung erreicht, von der eine dritte unbefestigte Straße abführte. Es war der dritte Schotterweg, den er nahm. Von hier an würde die Straße holpriger werden. Stanley musste wirklich die Gemeinde dazu bringen, hier rauszukommen, um den Weg zu ebnen. Wenn der Fluss plötzlich ansteigen sollte, würde er abgeschnitten werden. Das war nicht gut.

„Warum ich? Warum willst du in meinen Angelegenheiten herumstochern?"

Mann, die Frau hatte eine ganz eigene Art, sich auszudrücken. „Ich möchte wissen, warum du immer so wütend bist. Ich will dir helfen. Ob du es glaubst oder nicht, ich weiß, wie es ist, wenn die Wut einen auffrisst."

„Ich bin nicht immer so. Und du weißt gar nicht, wie sehr ich mir wünsche, nicht so zu sein. Aber es gibt nun mal ein paar Dinge auf dieser Welt, die man nicht ändern kann. Manche Menschen werden uns einfach enttäuschen."

„Also *darüber* weiß ich das eine oder andere." Er wünschte, es wäre nicht so. „Manchmal muss man einfach lernen, nicht zu viel von seinen Mitmenschen zu erwarten. Traurig aber wahr."

Wut huschte über ihr Gesicht, und ihre Augen blitzten, als sie ihre Arme verschränkte und ihren Kopf schüttelte. „Das ist nur eine billige Ausrede. Ich möchte, dass die Leute viel von mir erwarten. Ich möchte, dass die Leute wissen, dass ich diejenige bin, die ich zu sein behaupte. Andere sollten auch so sein."

Er konnte ihren Schmerz spüren. Was hatte ihn ausgelöst? Stanleys Haus kam vor ihnen in Sicht, und Kurt wünschte sich, er würde noch etwa zehn Meilen weiter die Straße runter wohnen. Er gab ihr den einzigen Rat, an den er glaubte. „Dann sei dieser Mensch, aber erwarte es nicht von anderen. Du kannst nur deine eigenen Standards beeinflussen."

„Ist es das, was du tust? Wie du dein Leben lebst?"

Er stellte den Wagen in Stanleys Hof ab. „Bis zu einem gewissen Grad. Ich meine, ich weiß, dass es hier in Mule Hollow viele Leute gibt, die sich ohne mit der Wimper zu zucken für mich einsetzen würden. Aber sagen wir einfach, wenn du aufgewachsen bist und immer das Schlimmste von denen erwarten musstest, die sich um dich kümmern sollten, gibt es immer einen Teil von dir, der das Schlimmste von allen erwartet."

Keiner von ihnen sah den anderen direkt an, und niemand bewegte sich. Das Auf und Ab einer pulsierenden Spannung verband sie. Er spürte die Verbindung und wusste, dass es ihr genauso ging.

Schließlich nickte sie.

„Ich denke, das ist ein Grund, warum ich Stanley seine Suppe bringen wollte."

Die Anspannung ließ nach. „Und ich denke, das ist ein Grund, warum ich mitkommen wollte. Wie du gesagt hast, ist es einfach richtig, das zu tun."

Ein Teil der Sorgen in ihren Augen verschwand und wurde durch ein leises Funkeln ersetzt. „Du bist voller Überraschungen."

Er wollte auf mehr drängen, aber das leichtherzige Geplänkel war eine gute Sache. Er mochte es. „Ist aber auch Zeit, dass ich ein bisschen Liebe bekomme."

Sie lachte und öffnete ihre Tür. „Oh, jetzt bild dir bloß nichts ein. So weit würde ich nicht gehen. Ganz sicher nicht."

KAPITEL ACHT

Armer Stanley! Als er die Tür öffnete, waren sein rundliches Gesicht blass, seine Wangen gerötet und seine Nase feuerrot. „Ich sage das nur ungern, aber du siehst furchtbar aus, Stanley."

„So fühle ich mich auch", sagte er.

„Was machst du denn hier?"

Sie hielt die Tüte mit Suppe hoch. „Hast du nicht gehört? Sam hat uns als seine neue Liefermannschaft eingestellt. Du bist unser erster Kunde. Unter uns gesagt, der Typ, der mich fährt, ist ein bisschen zwielichtig. Ich glaube, Sam hat mich eingestellt, um zu verhindern, dass er alte Damen erschreckt."

Stanley hustete lang und heftig, lächelte aber und nickte, als er ein Taschentuch an seine rote Nase hob.

„Sieht auf jeden Fall so aus", schaffte er zu sagen.

„Hört auf damit, ihr zwei oder wollt ihr mich unbedingt beleidigen? Ich bin den ganzen Weg hier raus gefahren, um dich mit Suppe zu versorgen, Stanley. *Und* um *dich* daran zu hindern, dich hier draußen zu verirren und die Hälfte der Gemeinde dazu zu zwingen, rauszukommen und nach dir zu suchen, Mandy. Ich glaube, die angebrachte Reaktion wäre *Vielen Dank*".

Seine gedehnte Aussprache war süß, dachte Mandy, als sie die Augen verdrehte und Stanley in der Tür ansah. Der ältere Mann lehnte an der Tür und sah schwach aus. „Er ist ein großes Baby, falls du das nicht schon gewusst hast. Genau das, was ich an einem Mann nicht mag. Immer am Jammern." Sie hatte Spaß und Kurt war so nett mitzuspielen, um Stanley aufzumuntern. Stanley kämpfte gegen einen weiteren Hustenanfall. „Du musst aufpassen, was ihn und seinesgleichen angeht. Ich würde euch ja einladen, aber ihr könntet euch bei mir etwas einfangen." Er runzelte die Stirn, hielt sich am Türrahmen fest und hustete. „Und das wäre nicht gut." Er streckte die Hand nach der Suppe aus.

Mandy hielt die Tüte fest. „Oh nein, ich gehe nirgendwohin“, sagte sie mit einem Lächeln und schob sich an ihm vorbei ins Haus. „Du machst es dir bequem, bevor du mir noch umkippst. Dann werde ich das hier für dich aufwärmen.“

Kurt folgte ihr trotz Stanleys entgeisterter Miene ins Haus.

Von der Tür aus sah sie den Rand der Küchentheke und ging in diese Richtung.

„Aber ihr könntet euch anstecken“, protestierte Stanley und trottete hinter ihr her.

„Oder auch nicht.“ Sie blieb an der Küchentür stehen – oh, was für ein Durcheinander! Der arme Mann hatte wahrscheinlich keinen Abwasch mehr gemacht, seit er krank geworden war. Das war offensichtlich. Er hatte wahrscheinlich kaum Lust, sich zu überlegen, was er essen sollte. Sie drehte sich um und zeigte auf Kurt. „Könntest du ihn ins Wohnzimmer bringen und ihm helfen, es sich bequem zu machen? Ich mache schnell die Suppe warm. Dann werde ich die Küche aufräumen, während du ihm beim Essen Gesellschaft leistest. Ein bisschen Unterhaltung dürfte Wunder wirken, und im Handumdrehen fühlst du dich vielleicht besser, Stanley.“

„Oh, das musst du nicht. Das ist zu viel der Mühe für einen alten Mann.“

„Machst du Witze?“ Mandy verzog das Gesicht. „Ich habe heute Morgen mit App Dame spielen müssen. Es war furchtbar. Du musst schnell gesund werden, damit du wieder ins Diner gehen und mich rächen kannst. Er hat mich vom Brett gefegt.“

„Unmöglich“, grunzte Stanley.

„Oh, und wie er das hat“, mischte sich Kurt ein. „Ich habe es gesehen. Mandy kann ein Pferd reiten wie ein geölter Blitz, aber vom Damespielen hat sie keine Ahnung.“

„Wie schrecklich.“ Er musste husten.

„Nicht so schrecklich wie es sein wird, wenn du wieder gegen ihn spielst und ihn zur Verteidigung meiner Ehre schlägst. Suppe und eine saubere Küche im Austausch für eine kleine, altmodische Revanche. Wie hört sich das an?“

„Abgemacht“, stimmte Stanley zu und ging bereits in sein Wohnzimmer. Sie konnte sehen, dass dort sein Fernsehsessel und seine Decke auf ihn warteten. „Klingt so, als ob mein Ende des Deals das leichtere ist." Er machte eine Pause, um zu husten. Seine Schultern bebten, bevor er weiter stapfte und es zum Sessel schaffte.

Mandy stellte die Tüte mit der Suppe auf die Theke und machte sich auf die Suche nach einer sauberen Schüssel. Das war sicherlich nicht der Morgen, den sie sich vorgestellt hatte, als sie in den Ort gefahren war, um Futter für Murdoch zu holen. Während sie darauf wartete, dass die Suppe in der Mikrowelle aufwärmte, ließ sie Wasser über das Geschirr laufen, bevor sie es in die Spülmaschine stellte. Es war ein wirklich gutes Gefühl zu wissen, etwas Gutes zu tun. Selbst wenn sie sich anstecken würde, war es das wert.

Sie dachte an Kurts Neckerei und das Lächeln, das er ihr gerade geschenkt hatte. Krank werden könnte definitiv einen positiven Nebeneffekt haben, wenn er ihr dann Suppe bringen würde. Etwas, das sie an Kurt erkannte, war, dass er eine Gebernatur war. Er hatte zu arbeiten, doch er hatte sich eine Auszeit genommen und war mitgekommen. Das war süß von ihm.

Er war süß. Sie machte eine Pause und schrubbte die Schüssel in ihren Händen – Kurt hatte seine guten

Seiten, das war eine Tatsache. Sie seufzte ... vollkommen von ihm eingenommen, was das anging.

Sie konnte es einfach nicht leugnen, selbst, wenn sie es wollte!

Anhand ihres Gesichtsausdrucks schätzte Mandy Norma Sues Stimmung als heiter ein. Beinahe ekstatisch. Ihr Lächeln reichte praktisch von Ohr zu Ohr, als sie am Tag, nachdem Mandy und Kurt zu Stanley gefahren waren, die Arena betrat. Es musste sich also herumgesprochen haben, ganz so, wie sie es erwartet hatte.

Die Leute redeten. Die notorischen Kupplerinnen des Ortes zumindest, und Mandy hatten sich wie ein Idiot in ihr Visier manövriert. Hinter der lächelnden Rancherin folgte Esther Mae. Sie strahlte noch heller als ihre roten Haare, und ihre Augen funkelten derart vor Freude, dass Mandy wusste, dass sie in Schwierigkeiten war. Hinter den beiden folgte auch Adela und sah aus wie eine Frau, die ein Geheimnis hütete.

Sie hatte richtig Mist gebaut. Ja wirklich. Sie war

so sehr damit beschäftigt gewesen, sich nicht von Kurt beeindrucken zu lassen, dass sie sich der Herausforderung gestellt und sich von Kurt zu Stanley hatte fahren lassen. Jetzt musste sie mit den Konsequenzen fertigwerden.

Selbst wenn das, was die alten Damen für eine blühende Romanze hielten, nicht existierte, war der Samen gesät. „Romantik, ha!", flüsterte sie Murdoch zu, als sie sich vorbeugte, um seinen Hals zu streicheln. „Dieser Mann und ich würden uns gegenseitig in den Wahnsinn treiben." *Aber gestern habt ihr es nicht. Es hat dir Spaß gemacht, Stanley mit ihm zu helfen.*

„Was macht ihr Ladys denn hier draußen?", fragte sie und ignorierte die Stimme in ihrem Kopf, als sie Murdoch zum Zaun lenkte.

Esther Mae fächelte sich mit der Hand Luft zu. „Wir sind gekommen, um sicherzustellen, dass der Imbissstand für die Menge in zwei Wochen bereit ist."

„Wir wollen nicht, dass alle hierher kommen und dann keine Limonade und Popcorn kaufen können." Norma Sue steckte ihre Hand durch den Zaun und kraulte Murdoch am Kinn.

„Wie geht's dir heute, Liebes?", fragte Adela, und ihr Lächeln erwärmte Mandy, obwohl sie wusste, dass eine Predigt folgen würde.

„Großartig. Wir kommen jeden Tag besser voran. Murdoch ist nicht mehr ganz so wütend auf mich."

„Na, das ist wunderbar", lächelte Esther Mae. Sie trug eine hellrosa Hose und eine weiße Bluse mit einer funkelnden rosa Rosenbrosche. Sie sah so fröhlich und glücklich aus. „Das war so lieb von dir, dass du dem armen Stanley gestern Suppe gebracht hast. Und Kurt war so ein Gentleman, dich zu fahren. Stanley lebt einfach zu weit draußen, als dass eine junge Frau wie du alleine dorthin fahren sollte. Ich bin froh, dass die Jungs klug genug waren, Kurt mitzuschicken."

„Ich dachte, du hättest gesagt, Kurt soll mich fahren?" Mandy beobachtete, wie sich Adelas blaue Augen überrascht weiteten.

„Ich?" Adela hob ihre zierliche Hand an ihre Wange. „Oh … ähm, die Männer müssen gedacht haben, dass du eher auf meinen Rat hören würdest. Ich muss mit Sam darüber reden."

„Schon gut." Mandy kicherte. „Er hat gesagt, du hättest angerufen..."

„Ich *habe* auch angerufen. Und er hat mir gesagt, was du vorhattest. Darauf habe ich gesagt, dass es schön wäre, wenn Kurt dich fahren würde, aber das war, nachdem Sam gesagt hatte, er würde Kurt dazu bringen, dich zu begleiten.“

„Das war schon okay“, sagte Mandy. „Und Stanleys Haus ist ja wirklich ganz weit draußen. Weiß Gott, wo ich jetzt wäre, wenn ich falsch abgebogen wäre.“

„Oh ja“, pflichtete Norma Sue ihr bei.

„Und was ist nun mit Kurt?“ Esther Mae strahlte und trat näher. Ihre Augen weiteten sich vor Begeisterung. „Ihr habt euch gut verstanden, nicht wahr? Er ist so ein süßer Junge!“

Mandy hätte sich fast verschluckt. „Weiß er, dass du ihn so nennst?“

„Warum rufst du ihn nicht an und sagst es ihm? Es macht mir nichts aus. Du könntest dir selbst ein paar nette Namen einfallen lassen, während du mit ihm telefonierst ... Honey, Darling, Schatz.“

„Nah, ich glaube ich kann es dir dieses eine Mal durchgehen lassen.“

„Du könntest mit dem armen alten Cowboy

ausgehen...“

„Norma Sue, ich bin *nicht* interessiert. Ich meine, mit wie vielen Frauen war er dieses Jahr unterwegs?“ Begriffen sie nicht, dass er Beziehungen einfach nicht ernst nahm? Eine Beziehung – falls sie sich jemals für eine entschied – wäre eine sehr ernsthafte Verpflichtung. Ein Mann musste sie genauso ernst nehmen und loyal sein – offensichtlich etwas, womit ihr Vater es nicht sonderlich genau nahm.

„Er ist mit ein paar Frauen ausgegangen“, sagte Norma Sue entschuldigend. „Er braucht nur die Richtige, die ihn dazu bringt, sie ein bisschen besser kennenlernen zu wollen.“

„Aber ich möchte ihn nicht besser kennenlernen.“

Esther Mae runzelte die Stirn. „Du bist jung und hübsch und musst mehr tun, als dich mit einem Pferd und einem Baby zu verkriechen. Ich liebe unseren kleinen Tate von ganzem Herzen, aber Lacy und Clint wollen sicher auch nicht, dass du deine ganze Zeit mit Babysitten verbringst. Jeder braucht mal einen Abend frei. Und ich weiß, du hast Träume und Ziele und alles, aber dieses Pferd wird dich nachts nicht wärmen und deine Hand halten, wenn du erst einmal so alt und grau bist wie wir. Nicht, dass ich grau wie Norma Sue hier bin, aber du weißt, was ich meine.“

Norma Sue sah Esther Mae an, als hätte sie nicht mehr alle Tassen im Schrank. „Du weißt sehr gut, dass unter all der roten Farbe da dein natürliches Rot verschwunden ist. Wer weiß, vielleicht hast du so weiße Haare wie Adela!“

„Nichts für ungut, Adela, aber ich bin nicht so weiß wie du. Vielen Dank.“ Sie schnaubte und tätschelte ihre feuerroten Haare.

Mandy amüsierte sich über die Neckereien der drei alten Damen. Sie fragte sich, ob sie gehen würden, ohne den Imbissstand anzusehen, was ihr Vorwand gewesen war, um sie wegen Kurt zu verhören. Es wäre lustig, wenn sie es täten. Seltsamerweise machte es Spaß, sie in Aktion zu sehen, so sehr sie auch nicht von ihnen verkuppelt werden wollte.

„Ich liebe es, Tate zu babysitten“, sagte sie zur Verteidigung des Babys. „Ich passe heute Abend auf ihn auf, damit Lacy und Clint in Ranger ins Kino und danach essen gehen können. Es ist der Jahrestag ihrer ersten Begegnung.“

„Oh, was für ein Tag das war!“, rief Esther Mae.

„Ein wahrer Segen", fügte Adela hinzu. Norma Sue zog ihre Hand von Murdoch zurück und stopfte sie in die Tasche ihres Overalls. „Und sie passen perfekt zusammen. Wir haben gute Arbeit geleistet und erheblich dazu beigetragen, dass sie zusammen sind, wenn ich das so sagen darf."

Lacy und Clint waren perfekt füreinander und Mandy freute sich für die beiden. Doch sie war zufrieden damit, sich nicht dem Club der Verheirateten anzuschließen. Wenn die alten Damen das doch nur verstehen könnten. Sie weigerte sich, darüber nachzudenken, dass das Kurt gegenüber unfair sein könnte. Der nervige Gedanke setzte sich jedoch am Rande ihres Bewusstseins fest.

Eine ganze Weile später war sie erleichtert, als die alten Damen gingen – nachdem sie tatsächlich dem Imbissstand einen Besuch abgestattet hatten. Sie war sich nicht sicher, ob sie erreicht hatten, weswegen sie gekommen waren, doch sie war erleichtert, sie gehen zu sehen.

Während ihres Trainings am Nachmittag kamen Männer in die Arena und arbeiteten an verschiedenen Bereichen des Gebäudes. Sie fragte sich, ob Kurt vielleicht auftauchen würde, und sah sich nach ihm um. Immerhin waren es seine Tiere, die in den Ställen untergebracht werden würden, an denen gearbeitet wurde.

Sie verbrachte den Rest des Nachmittags damit, öfter zum Eingang zu blicken, als sie zählen wollte.

Kurt kam nicht.

Als sie Murdoch schließlich zu seiner Box brachte und ihn striegelte, bevor sie ihn auf die angeschlossene Weide ließ, damit er sich auf dem Außengelände entspannen konnte, schalt sie sich dafür, dass sie die ganze Zeit über an Kurt dachte. Es stimmt, sie interessierte sich nicht für ihn. Dennoch verspürte sie ein Summen der Erwartung, wenn er in der Nähe war. Neben einem sehr lauten Summen der Irritation.

Sie sah zu, wie Murdoch graste und träge seine Freiheit genoss.

Zum ersten Mal in ihrem Leben erlebte auch sie ihre Freiheit. Freiheit von den Erwartungen ihres Vaters und ihrer Mutter. Freiheit, sich keine Sorgen darüber machen zu müssen, ihnen zu gefallen. Und Freiheit von den Schuldgefühlen, die sie empfunden hatte, wann immer sie etwas auf ihre Weise hatte tun wollen. Wann wurde aus einem Mädchen eine Frau, die ihre eigenen Entscheidungen treffen konnte? Wann konnte eine Frau ihren eigenen Weg gehen und ihr Leben zu ihren eigenen Bedingungen führen?

Dies waren die Fragen, die sie während ihrer Kindheit geplagt hatten, als sie sich danach gesehnt hatte, ihr Talent zu fördern und zu sehen, ob sie es als professionelle Barrel Racerin schaffen konnte. Sie hatte das Gefühl, das Talent zu haben, um damit Geld zu verdienen, Sponsoren zu gewinnen und sich den Lebensstil zu erarbeiten, von dem sie geträumt hatte. Doch sie hatte die Wünsche ihres Vaters und ihrer Mutter erfüllt. Sie hatte ihre Träume auf Halde gelegt, war Buchhalterin geworden und dann in das Familienunternehmen eingetreten. Es war nichts Falsches daran, Buchhalterin zu sein – doch es war nicht ihre eigene Wahl gewesen. Ihr Vater hatte gesagt, es sei eine respektable, gut bezahlte Karriere für eine Frau. Und so war sie Buchhalterin geworden. Sie hatte ein Kostüm angezogen und ihre Stiefel und Jeans zusammen mit ihren Träumen verstaut. Als sie sich für den Taschenrechner entschieden hatte, hatte sie Murdoch ein Leben auf einer Weide fristen lassen.

Sein unglaubliches Talent war verschwendet gewesen.

Freiheit. Jetzt hatte sie sie, doch seltsamerweise hatte sie einen hohen Preis. Der Verrat ihres Vaters und der Verrat ihrer Mutter, die die Lüge gelebt und Mandy nicht erzählt hatte, was los war, hatten sie zu dem geführt, wonach sie sich ihr ganzes Leben lang gesehnt hatte. Es hatte ihr die Freiheit gegeben, sich nicht schuldig zu fühlen, sich für ihren eigenen Weg zu entscheiden. Und hier war sie, lebte das Leben zu ihren Bedingungen und liebte es.

Trotz des Kummers, der sie hierher gebracht hatte, liebte sie es. Der Gedanke traf Mandy so sanft wie die Brise, die über ihre Haut flüsterte.

Sie liebte ihr Leben so, wie es jetzt war.

Selbst, wenn da ein nagendes Schuldgefühl war, weil sie ihrem Vater nicht vergeben konnte, dass er sie angelogen hatte. Für den Verrat an ihrer Mutter. Und dafür, dass er so ein Heuchler war, den Respektablen zu spielen, obwohl sein Verhalten alles andere als respektabel gewesen war. Wenn es überhaupt irgendeine Schuld darin gab, dann würde sie lernen, damit zu leben.

Sie drehte sich zum Haus um und zu ihrem Date

mit einem süßen kleinen Jungen namens Tate, atmete tief die frische Luft mit dem Kiefernaroma ein und ließ die Freude über ihre Freiheit Fuß fassen. Sie war glücklich. Ja, sie war immer noch wütend, und sie hatte gewisse Momente, in denen sich die Wut einschlich und an ihr nagte, doch es wurde von Tag zu Tag leichter, sie zu ignorieren.

Sie öffnete die Hintertür zum Haus und ging hinein.

Ignorieren bedeutete in diesem Fall Freiheit. Und dabei brauchte sie keinen Mann, der die Sache verkomplizierte und womöglich ruinierte.

KAPITEL NEUN

„**D**u bist wirklich sicher, dass du zurecht kommst, wenn wir ausgehen?"

Mandy ließ Tate auf ihrer Hüfte hüpfen und brachte ihn zum Kichern. „Machst du Witze? Tate und ich können es kaum erwarten, das Haus für uns zu haben. Wir planen eine Party. Er hat alle seine Freunde im Gebüsch versteckt und wartet darauf, dass eure Rücklichter die Auffahrt runter verschwinden. Nicht wahr, kleiner Kumpel?"

Clint schlang seine Arme von hinten um Lacy und lächelte Mandy an. „Dann amüsiert euch, ihr zwei. Ich fahre mit meiner süßen Frau hier in die Stadt. Wenn die Party zu laut wird, ruf die Polizei. Dann kommen Brady oder Zane zu deiner Rettung."

„Oder du könntest Kurt anrufen", fügte Lacy unschuldig hinzu. „Es heißt, es ist nur eine Frage der Zeit, bis unsere Kupplerinnen vom Dienst euch beide –
"

Mandy warf Tates Teddybär nach Lacy und traf sie am Kinn. „Du scheinst wirklich Ärger zu wollen, Cousinchen."

Lacy lachte und ging hinüber, um ihr Baby zum Abschied zu küssen. „Du weißt, ich liebe dich. Aber im Ernst, sie haben dich ins Visier genommen."

„Und du nicht?"

„Also … nein. Warum sollte ich das tun, wenn ich weiß, dass du nicht interessiert bist?"

Clint verdrehte die Augen und räusperte sich laut.

„Keine Sorge, Clint, ich kaufe ihr die Unschuldsnummer auch nicht ab."

„Dann ist gut. Du weißt, ich möchte, dass du dich entspannst und dein Leben weiterlebst und dein Herz für gewisse Möglichkeiten öffnest. Und wir wissen beide, dass zwischen dir und Kurt die Funken fliegen."

„Ich bin nicht interessiert."

„Vielleicht nicht jetzt", sagte Lacy. „Aber wenn du dich entspannst, kommt das vielleicht noch."

„Kurt ist ein guter Mann, Mandy", sagte Clint jetzt ernst. „Er hatte keine leichte Kindheit. Keine typische glückliche Familie. Nicht einmal deine *fast* glückliche Familie. Er hat hier auf der Ranch mit mir gearbeitet, nachdem sie hierher gezogen waren, und er hat meinen Vater vergöttert. Er lernt schnell und ist so zuverlässig wie man nur sein kann. Doch er hat nie über das Thema Ehe gesprochen. In dieser Hinsicht seid ihr euch scheinbar einig. Er könnte gut ein Mann von dem Schlag sein, der niemals heiratet. Doch ich weiß, dass er eine Ranch aufbaut. Er schlägt Wurzeln, die Bestand haben werden, und schafft ein Vermächtnis." Er zog die Schultern hoch und neigte den Kopf. „Unsere lieben Kupplerinnen könnten sich in Bezug auf ihn und seine Brüder Jess und Colt irren. Einige Männer sind nicht verheiratet, weil sie einfach nicht bereit sind und die richtige Frau noch nicht getroffen haben. Und dann gibt es einige, die in ihrer Kindheit einen so schlechten Eindruck von Familie gewonnen haben, dass es nichts ist, was sie in Erwägung ziehen möchten. Trotzdem kann ich sagen, dass es nichts auf der Erde gibt, was mit der Fülle im Leben eines Mannes vergleichbar ist, wenn ihm die richtige Frau über den Weg läuft. Das gilt auch für dich.“

Mandy war schockiert über eine so lange Rede von Clint wie über das, was er über Kurt gesagt hatte. „Danke euch beiden. Eure Sorge rührt mich. Ich weiß, dass ihr beide es gut meint, und es bedeutet mir sehr viel. Ihr habt keine Ahnung, wie viel. Kurt und ich kommen schon klar. Wir verstehen uns, also ist alles gut. Jetzt geht und amüsiert euch.“ Sie winkte sie zur Tür. „Tates kleine Kumpels nuckeln wahrscheinlich inzwischen unter den Mesquitebüschen an ihren Daumen.“

Mandy beobachtete gerade, wie Tate seine neuen Krabbelfähigkeiten unter Beweis stellte, als ein Truck vor dem Haus anhielt. Sie erwartete niemanden, ging jedoch zur Tür. Durch die großen Fenster sah sie, wie Kurt aus dem Truck stieg, zögerte, dann die Tür zuschlug und sich auf den Weg zum Haus machte. Die Freude über sein Auftauchen überraschte sie. Den ganzen Nachmittag hatte sie sich darauf gefreut, dass er in die Arena kommen könnte, und war enttäuscht gewesen, als er nicht gekommen war. Jetzt ließ ein Blick auf ihn in seinem schokobraunen Hemd, das zu seinen Augen passte, ihren Puls in die Höhe schnellen.

Sie öffnete die Tür, bevor er klopfte, und erschreckte ihn damit. „Ein bisschen spät, um das Arena-Setup zu überprüfen, findest du nicht?"

„Deswegen bin ich ja auch nicht hier." Er blickte an ihr vorbei ins Haus.

Sie folgte seinem Blick und warf einen Blick über ihre Schulter, um zu sehen, wie Tate sich auf wackeligen Knien erhob und die Hände nach dem Kaffeetisch ausstreckte. „Oh nein, das wirst du nicht." Sie lachte und eilte zurück zu dem kleinen Jungen. „Komm rein", rief sie und fing Tate gerade noch rechtzeitig auf, um ihn davon abzuhalten, sich sein winziges Kinn anzustoßen. Sie schwang ihn in ihre Arme und küsste ihn auf die Wange, bevor sie sich wieder ihrem unerwarteten Gast zuwandte. „Clint ist nicht hier. Er und Lacy haben ein Date."

Er sah verwirrt aus, als er sich umsah. „Ein Date? Aber – wo sind alle anderen?"

„Wen meinst du?" Jetzt war sie an der Reihe, verwirrt dreinzublicken.

„Ich habe Norma Sue im Futterladen gesehen, und sie hat mich gebeten, um sieben Uhr zu einer Sitzung des Rodeo-Komitees zu kommen."

Mandy lachte. Sie konnte nicht anders. Die hinterhältige Norma Sue! „Sie hat dich reingelegt. Das ist dir schon bewusst, oder?"

„Ich hätte es wissen müssen." Er lachte kurz und zog seinen Hut in seine Stirn, in einer Bewegung, die von seiner Verlegenheit zeugte. „Ich habe diese Frauen immer und immer wieder in Aktion gesehen, und sie haben mich trotzdem reingelegt."

„Sie wussten, dass ich heute Abend auf Tate aufpasse. Sie haben vorhin hier rumgeschnüffelt, als ich geritten bin." Sie überlegte, was sie als nächstes tun sollte. Sollte sie ihn bitten, zu bleiben? Wollte sie, dass er ging? Es war eine seltsame Situation, in der sie sich befand. Sie wiegte Tate in ihren Armen und benutzte ihn als eine Art emotionalen Schutzschild zwischen sich und ihm. Etwas, das sie davon abhielt, daran zu denken, den Mann zu umarmen oder ihn zu küssen.

Sie hielt Tate fester, als Kurt in Richtung Küche ging. „Hast du was zu essen da?"

„Möglicherweise, aber ich kann mich nicht erinnern, dich eingeladen zu haben zu bleiben."

Er zuckte mit den Schultern und steckte einen Daumen in seine Hosentasche, während er sie studierte. Er sah aus, als wäre es ihm egal, ob er blieb oder nicht. Doch ihr Magen schlug Purzelbäume. War das Romantik in der Luft oder nur Schmetterlinge in ihrem Bauch bei dem Gedanken, sich so etwas zu fragen? Sie wollte keine Romantik. Nicht einmal eine Spur davon. Oder doch?

„Im Kühlschrank sind Roastbeef und Kartoffeln", hörte sie sich sagen.

„Setz du dich hin, ich mache es warm."

Ihr blieb der Mund offen stehen. „Ich habe dich nicht zum Abendessen eingeladen."

„Und?"

Sie sah Tate an. „Hast du das gehört, Tate? So macht man das nicht. Er–" Sie nickte dem unglaublich gutaussehenden Mann in ihrer Küche zu. „Er hat viel zu lernen, was Romantik angeht."

„Wer hat etwas über Romantik gesagt? Ich esse nur zu Abend. Ich sehe das so: wenn du nicht mit mir zum Abendessen ausgehst, dann komme ich zu dir. Soviel bin ich den alten Damen schuldig."

„Aber ich habe dir nicht gesagt, dass du noch bleiben kannst."

Er öffnete die Tür zum Kühlschrank und

betrachtete schweigend den Inhalt. Als würde er ihre Einladung nicht brauchen, zog er den Topf heraus und stellte ihn auf die Theke. „Das sieht gut aus."

Ja, tat es. Der Cowboy kannte sich in einer Küche aus, dachte sie, als er anfing, Schubladen zu öffnen und zu suchen, was er brauchte: Gabeln, Messer, Gläser. Sie kuschelte Tate und beobachtete schweigend, wie Kurt sich in Lacys Küche wie zu Hause fühlte. Es amüsierte sie irgendwie, dass er nicht fragte, sondern es einfach tat.

Er übernahm das Kommando ... und seltsamerweise gefiel es ihr. Es war schmeichelhaft, dass er so unbedingt mit ihr zu Abend essen wollte. Sie bewunderte seine Einstellung, niemals aufzugeben.

„Lacy und Clint scheinen wirklich glücklich zu sein", sagte er schließlich, während er Braten und Soße auf Teller schöpfte und sie in die Mikrowelle stellte.

„Im Matlock-Haus liegen Liebe und Romantik in der Luft."

Kurt lehnte sich an die Theke, steckte seinen Daumen in seine Hosentasche und hielt ihren Blick fest. „Wünschst du dir das jemals auch?"

„Du bist ins Haus gekommen, hast dich zum

Abendessen eingeladen, und jetzt stellst du mir eine sehr persönliche Frage. Ich bin mir nicht sicher, ob ich dieses Spiel spielen will."

Er zuckte mit der Schulter. „Ich bin nur neugierig. Ich stelle allen die gleiche Frage – na ja, in gewisser Weise."

„Ah, ja, die Frage nach den Haken und Ösen aka Hintergedanken. Und hier dachte ich, du würdest um meine Hand anhalten."

„Nicht heute. Also wünschst du dir das?"

„Du kannst ein ziemlich hartnäckiges Wiesel sein, nicht wahr?"

„Ja. Und ich würde es bevorzugen, als ein etwas männlicheres Tier als ein Wiesel bezeichnet zu werden. Du weißt wirklich, wie du dem Ego eines Mannes einen Schlag versetzen kannst."

Sie lachte schallend. Tate kicherte und klatschte in die Hände. Kurt lachte mit und sandte eine Welle des Bewusstseins durch Mandy. Sein Lächeln verschwand plötzlich, als etwas zwischen ihnen übersprang. Genauso wie sie sich an dem Tag in der Arena gefühlt hatte, als er versucht hatte, sie dazu zu bringen, mit ihm zu reden, fühlte sie sich von Kurt angezogen. Es war unleugbar.

Sie gab es zu. Gab zu, dass sie ihn mochte. Sie mochte seine unverblümte Art und seine Offenheit, was das anging, was er vom Leben wollte. Der Mann war ehrlich, wenn es um seine Erwartungen ging. Zumindest schien es so zu sein. Wenn eine Frau mit ihm ausging, dann wusste sie, woran sie war, weil er sich klar ausgedrückt hatte. Ehrlichkeit war eine gute Sache. Mandy hatte an jenem Abend, an dem Erica ihm bei Lacys Grillparty Tee ins Gesicht geschüttet hatte, Mitgefühl für sie empfunden. Jetzt, da sie Kurt wirklich verstand, wurde ihr bewusst, dass die Teewerferin sich der Realität bewusst gewesen sein musste – Kurt war nicht auf der Suche nach Ehe, und die bloße Erwähnung ließ ihn auf die Bremse treten.

„Ich glaube, ich schulde dir eine Entschuldigung", sagte Mandy.

„Sprichst du mit mir?", fragte er und drehte sich von der Stelle aus um, an der er gerade die Tür der Mikrowelle geschlossen hatte, ein Ausdruck von gespieltem Unglauben im Gesicht, seine Hand an seinem Herzen. „Im Ernst, Sally? Wofür in aller Welt?"

„Dieser Mann ist verrückt", sagte sie zu Tate. „Mein Name ist nicht Sally. Deiner vielleicht?" Tate strahlte sie an und versuchte, an ihren Haaren zu ziehen. „Vielleicht hattest du es nicht verdient, dass Erica dir neulich Abend Tee ins Gesicht geschüttet hat."

„Das ist interessant. Sehr interessant. Wie bist du zu diesem Schluss gekommen, Sherlock?"

Sie neigte den Kopf. „Du machst ziemlich deutlich klar, dass du kein Interesse an einer Ehe hast. Erica musste das gewusst haben, es sei denn natürlich, dass du von deinem offensichtlichen Verhaltensmuster abgewichen bist."

„Das bin ich nicht."

„Das dachte ich auch nicht. Wie auch immer, tut mir leid, dass ich so hart zu dir war. Aber ich möchte immer noch nicht mit dir ausgehen."

„Und doch essen wir hier bei Lacy zu Abend. Zusammen. Kein Date."

„Na siehst du. Damit ist ja unser beider Dilemma aus der Welt." Nicht wirklich, da es ein Hinterhalt der alten Kupplerinnen war, doch sie würde mitspielen.

„Na, nachdem das ja jetzt geklärt ist, können wir

ja essen. Ich bin am Verhungern."

Sie hätte Tate etwas zu essen gemacht, doch er hatte bereits seine Flasche gehabt. Stattdessen ging sie durch das große Wohnzimmer und setzte ihn in seinen Laufstall. Sie gab ihm seinen Lieblings-Beißring und sein Plüschtier und kehrte dann in die Küche zurück. Ihr Puls war holprig wie eine Schotterpiste, als sie Kurt beobachtete. Sie würden gemeinsam zu Abend essen. Sie holte tief Luft und versuchte sich zu entspannen. Kurt hatte die Teller, Servietten und Besteck auf die Kücheninsel gestellt und gelegt und füllte gerade Gläser mit Eistee, als sie sich setzte.

„Ich nehme mal an, dass du mir den Tee nicht ins Gesicht kippen wirst."

„Ich werde mich benehmen. Versprochen."

Er stellte die Gläser neben ihre Teller auf die Theke und setzte sich neben sie auf einen Hocker. Mandy fragte sich, ob er der Meinung war, dass sie eher glauben würde, dass es kein Date war, wenn sie an der Kücheninsel anstatt am Tisch aßen.

Es war kein Date, aber die anderen würden es niemals glauben, vor allem nicht die alten Hobbykupplerinnen.

„Vorhin habe ich Lacy und Clint gesagt, dass Tates kleine Freunde sich draußen im Gebüsch versteckt haben und darauf warten, dass sie gehen, damit sie reinkommen und mit Tate spielen können. Aber es sind drei gewisse ältere Damen, die womöglich da draußen lauern. Ich kann mir gut vorstellen, wie sie in den Büschen liegen, mit Tarnkleidung und Schlamm im Gesicht, weil sie glauben, dass wir ein Date haben."

Seine Augen tanzten. „Oh ja. Ich kann sie fast tuscheln hören."

Er nahm ein Glas Tee und hielt es hoch. „Lass sie ihren Spaß haben. Wir verstehen einander. Nicht wahr?"

Lächelnd hob sie ihr Glas und stieß mit ihm an. „Absolut."

KAPITEL ZEHN

S ie betrieben Smalltalk beim Abendessen. Mandy wusste von dem Tag, an dem sie ihm in der Arena begegnet war, dass Kurt genauso neugierig auf sie war wie sie auf ihn und seine Vergangenheit. Aber er fragte sie nicht, und sie fragte ihn nicht. Sie kämpfte sich alleine durch ihre Probleme und wusste, dass sie es nicht tun würde, auch wenn sie ein paarmal versucht gewesen war, sich an seiner starken Schulter auszuweinen.

Es war egal, wie oft seine tiefen, dunklen Augen sie aufforderten, ihm ihr Herz auszuschütten.

Stattdessen füllten sie die Lücke mit Smalltalk, der zu Geschichten über Kurts Freunde führte, die von den notorischen Kupplerinnen von Mule Hollow ins Visier genommen worden waren und den Kampf um ihr Singledasein verloren hatten. Sein Lächeln war herzlich und amüsiert, als er *verloren* sagte. Sie wussten beide, was das bedeutete.

Es gab Geschichten über mutwillig geleerte Benzintanks, Begegnungen mit Wildschweinen und die Hilfe eines Esels, vom dem er versprach, ihn ihr auf dem Festival vorzustellen. Samantha, eben jener Esel, würde die Hauptattraktion des Streichelzoos sein.

„Es ist nie ganz klar, wie groß die Rolle war, die die alten Mädels bei all den Paaren hier gespielt haben", sagte er auf halbem Weg durch sein Roastbeef. „Aber egal, was passiert, wir alle wissen, dass sie im Hintergrund alle Register ziehen, um zu sehen, wen auch immer sie als nächstes zusammenbringen wollen."

Sie hatte das Gefühl, dass es mehrere Frauen gab, die sich wünschten, die Ränkespiele der Kupplerinnen hätten sie und Kurt eingeschlossen. Allen voran Erica. „Lacy sagt, dass sie viel Hilfe von oben bekommen."

„Ich vermute, sie hat Recht. Die Paare scheinen alle wirklich gut zusammen zu passen. Tate hier ist der lebende Beweis dafür."

Mandy legte ihre Gabel ab und blickte zu Tate hinüber. Er sah so friedlich aus. „Leider sind Kinder nicht immer ein Beweis für das Eheglück eines Paares. Versteh mich nicht falsch, ich glaube, Lacy und Clint sind ein perfektes Paar. Sie mussten Tate nicht haben, um das zu beweisen, aber ich weiß, was du meinst." Warum, oh, warum, hatte sie das gerade getan – ihre große Klappe aufgerissen?

Ihre Worte hatten sofort diesen Blick zurück in seine Augen gebracht, und er sah sie fragend an. „Ich verstehe das mehr als du dir vorstellen kannst. Kinder bedeuten nicht immer, dass zu Hause alles okay ist. War nicht einmal annähernd richtig, wenn es um mein Zuhause ging. Aber dann denke ich, dass nichts auf der Welt perfekt ist."

Für einige Momente herrschte Stille zwischen ihnen. Mandy hielt sich zurück und biss sich auf die Zunge, um alle Gedanken in ihrem Kopf zu behalten, weil sie einfach zu persönlich waren. Trotzdem wunderte sie sich, was in Kurts Kindheit vorgefallen war. Die Art und Weise, wie ihre Gedanken zu einem solchen Thema wanderten, war sicher kein Zeichen für die Distanz, von der sie behauptete, sie halten zu wollen. Wie konnte es sein, dass sie von der Idee eines Mannes in ihrem Leben so verstört war und dennoch nicht aufhören konnte, an Kurt zu denken und sich für seine Vergangenheit zu interessieren?

„Was hat dich so unerbittlich gemacht, was das angeht?" Sie überlegte, ob sie das Thema wechseln sollte, und starrte in seine dunklen Augen. Doch die Worte wollten einfach heraus, und sie konnte sie nicht zurückhalten. Sie fühlte ein zu großes Bedürfnis, etwas zu sagen. „Als Kind dachte ich immer, meine Eltern hätten die perfekte Ehe. Sie haben nie gestritten – sie haben nicht wirklich Zeit miteinander verbracht, aber ich habe nie viel darüber nachgedacht. Für mich war klar, dass sie für immer zusammenbleiben würden. Es ist ein schwerer Schlag, wenn du erfährst, dass sich deine Eltern scheiden lassen. Oder dass dein Vater eine Affäre hatte." Sie schüttelte den Kopf. „Es ist einfach verrückt. Enttäuschend ... sinnlos, wirklich..." Ihre Stimme versagte, und sie beendete den Satz nicht, als sie spürte, wie die Wut mit einem Schlag in ihr erwachte.

Er schenkte ihr ein sanftes Lächeln. „Ist es das, was dich so wütend gemacht hat?", fragte er vorsichtig, als hätte er Angst, sie würde aus dem Haus rennen und sich wieder gegen ein Fass werfen.

Der Gedanke brachte sie fast zum Lachen und hob auf seltsame Weise ihre Stimmung. Sie seufzte. „Weißt du ... ich kann nicht..." Sie schüttelte den Kopf, und ihr wurde bewusst, dass sie den Abend nicht kaputtmachen wollte, indem sie über ihre Vergangenheit sprach.

„Ich denke, es kann in beide Richtungen gehen, wenn es darum geht, von innen nach außen zu blicken", begann Kurt. „Meine Eltern waren laut und haben sich über alles Mögliche gestritten. Sie haben nicht so getan, als würden sie die Gesellschaft des anderen genießen. Ich habe nie begriffen, warum sie überhaupt zusammen waren. Aber sie waren es. Zumindest bis meine Mutter gegangen ist, als ich ungefähr zwölf war –ich glaube nicht, dass ich ihr einen Vorwurf daraus machen konnte. Mein Vater war ein Trinker und hatte keinen Job. Schlimmer noch, er *wollte* keinen Job. Er wollte, dass alle anderen arbeiten, nur er nicht."

„Deine Mutter ist gegangen?" Er nickte.

Sicher hatte sie ihn falsch verstanden. „Sie hat

euch bei eurem Vater zurückgelassen?" Konnte es sein, dass seine Mutter ihre drei kleinen Söhne mit einem Mann zurückgelassen hatte, der trank und arbeitslos war? Er nickte erneut, und sie fühlte sich krank. „Wie habt ihr überlebt?"

„Wir haben gearbeitet. Also meine Brüder und ich." Obwohl er die Worte in einem sachlichen Ton sagte, bekam Mandy ein klares Bild von Kurt und seinen Brüdern, die in sehr jungen Jahren arbeiteten und alle Jobs erledigten, die sie finden konnten, um ihre Familie zu unterstützen. Sie hatte die Schärfe seiner Worte gehört und studierte ihn. Er hatte getan, was er tun musste, um zu überleben. Kurt hatte früh begonnen, Herausforderungen zu meistern. Er hatte gelernt, das Leben als Herausforderung zu akzeptieren, und den Willen entwickelt, diese Herausforderung zu überwinden.

Sie war begeistert von ihm. Und sie bewunderte ihn. Eine Hundertachtzig-Grad-Wende, was ihre Einstellung zu ihm anging.

„Wie alt warst du, als du angefangen hast zu arbeiten?", fragte sie.

„Ungefähr zehn – wenn man kleine

Gelegenheitsjobs zählt, die ich für andere erledigt habe. Es hat mir gut getan. An der Arbeit ist nichts auszusetzen. Wir – meine Brüder und ich – sind gut darin."

„Ich wette, das wart ihr. Ich meine, seid ihr."

Er lachte leise. „Ja, Jess und Colt sagen, dass wir schon auf der Highschool reif für den Ruhestand waren."

Sie kicherte. „So kann man es auch betrachten."

Er zuckte mit den Schultern – eine für ihn typische Geste, die so viel bedeutete wie *keine große Sache*. „Du tust, was du tun musst. Wir sind die Männer, die wir heute sind, weil mein Vater so war wie er war. Er war das schlechteste Vorbild, und ich weiß, ich könnte verbittert darüber sein. Und ich hatte meine Momente, glaub mir. Aber…" Er sah sie an. „Wir haben Frieden mit unserer Kindheit geschlossen. Jeder von uns auf seine Weise. Wir alle wissen, wie wir nicht sein wollen – mein Vater hat sich in ein frühes Grab getrunken. Daran konnte ich nichts ändern. Mac Matlock hat die Bibel aufgeschlagen und mir Galater 6: 4 gezeigt. Da heißt es: Ein jeder aber prüfe sein eigenes Werk, und dann wird er seinen Ruhm bei sich selbst haben und nicht gegenüber einem anderen.“

Er rieb seinen Daumen am Rand der Granitplatte entlang und starrte darauf. „Genau das versuche ich zu tun.“

Mandy hatte keine Worte. Sie versuchte alles zu verarbeiten, was er gesagt hatte, als er nach den Tellern griff und aufstand, als musste er sich bewegen.

„Das sind starke Worte“, sagte sie. „Und du machst das wirklich toll.“

„Ich versuche es. Meine Mutter hat noch ein paarmal geheiratet, bevor sie beschlossen hat, den Versuch aufzugeben. Sie lebt in Fredericksburg und leitet ein kleines Restaurant. Sie liebt ihr Leben, wie es jetzt ist, und das ist uns wichtig. Wir haben versucht, sie dazu zu überreden, hierher zu ziehen, als wir letztes Jahr die Ranch gekauft haben, doch sie wollte nichts davon hören. Sie hat dort ihre Kirchenfamilie, mit der sie ein enges Band verbindet. Sie will einfach nicht weg.“

Mandy stützte ihren Ellbogen auf die Theke und ihr Kinn in die Hand und staunte über seine Haltung. Seine Mutter hatte ihm die Verantwortung für seine beiden jüngeren Brüder und einen betrunkenen Vater aufgebürdet, und dennoch tat er so, als wäre nichts Außergewöhnliches passiert. War er nicht wütend auf sie?

Sie war um seinetwillen auf seine Mutter wütend.

Was für eine Frau tat sowas? Sie hatte ihre Kinder im Stich gelassen, und Kurt redete über sie, als wären sie beste Freunde. Es war schwer zu schlucken, besonders angesichts dessen, was mit ihrem Vater passiert war. Sie lüftete den Kragen ihrer Bluse. Plötzlich war ihr heiß. Sie hörte Galater 6: 4 in ihrem Kopf. Es hieß, *Ein jeder aber prüfe sein eigenes Werk...*

Ihre Hand zitterte ein wenig, als sie darüber nachdachte. Sie musste das Thema wechseln, bevor sie etwas sagte, das sie bereuen würde. Er hatte das alles ohne Wut hinter sich gelassen. Auch sie lebte ihr Leben weiter, doch sie konnte die Wut nicht abstellen. Jedenfalls noch nicht.

„Darf ich dich was fragen?" Sie stand auf und half beim Abräumen des Geschirrs, in der Hoffnung, dass es ihr helfen würde, sich zu beruhigen.

„Sicher", sagte er und öffnete die Spülmaschine. „Wenn du und deine Brüder das Bedürfnis habt, diese

Ranch aufzubauen, damit ihr ein Vermächtnis für eure Familien habt, warum ist dann keiner von euch verheiratet?"

Er stellte ein Glas in die Spülmaschine.

„Ich denke, Jess und Colt haben die richtige Frau einfach noch nicht getroffen. Sicher, ich möchte ein Vermächtnis hinterlassen, aber für mich gehört dazu auch, Colt und Jess zu helfen, ihr Vermächtnis für *ihre* Familie aufzubauen. Ich lasse mich nicht ablenken, bis ich das geschafft habe. Meine Brüder werden sich irgendwann verlieben, und ich bin fest entschlossen, dass diese Ranch etwas sein wird, auf das sie stolz sein können, wenn es passiert. Das ist mein Vermächtnis."

Plötzlich ergab es einen Sinn. Er war der Beschützer. Seine Mutter hatte ihm die Verantwortung für Colt und Jess übertragen, und er hatte diese Mission akzeptiert. Es war egal, dass sie selbst starke, fähige Männer waren. Es war eine Herausforderung, die er angenommen hatte und die er bis zum Ende durchziehen würde. Das war der Ruhm, von dem der Bibelvers sprach.

Konzentriert. Das war er, genau wie sie sich auf ihr Reiten konzentrierte. Er dachte aber auch über den größeren Plan für sein Leben nach. Sie war von Augenblick zu Augenblick mehr von ihm überrascht. „Mir scheint, wir sind uns ziemlich ähnlich, Kurt Holden." Nicht genau, aber in gewisser Weise – was wollte sie sagen? Sie reichte ihm die leeren Gläser. Er nahm sie, und seine Finger streiften ihre. Seine Berührung ließ ihren Puls stolpern. Sie standen so nah beieinander, dass sie das Licht in den Tiefen seiner Augen flackern sehen konnte.

„Wie das?", fragte er mit sanfter Stimme, während er ihren Blick festhielt.

Gedanken an seine Arme um sie trafen sie wie eine Dampframme. „Wir ... wir sind uns ähnlich..." Ihr Kopf war plötzlich völlig leergefegt, und sie wusste nicht mehr, was sie sagen wollte.

Er hob kaum merklich eine Braue, und seine Mundwinkel verzogen sich zu einem Lächeln. „Wir sind beide konzentriert", sagte er. „Und wir wissen, was wir wollen."

Ja, das stimmte. Sie lehnte sich gegen die Theke, und er tat dasselbe. Sein Arm berührte ihren, als er sie beobachtete und sie amüsiert ansah. Ihr Herz pochte plötzlich in ihrer Brust, und es flatterten

Schmetterlinge in ihrem Bauch. „Ja, das trifft es ziemlich gut", brachte sie heraus. Wusste sie wirklich, was sie wollte? Als sie Kurt ansah, schien sie es für einen Moment zu vergessen.

„Geht es dir gut?", fragte er und beugte sich vor.

Ihr Herz schlug wie ein Hasenfuß. Im anderen Raum meldete sich Tate zu Wort und wimmerte. Das war wie ein Eimer eiskaltes Wasser, den ihr jemand über den Kopf kippte. Sie riss sich zusammen und schuf sofort Distanz.

„Ich muss nach Tate sehen!" Wie auf ein Stichwort hin fing er an zu weinen. Sie hob ihn hoch, drückte ihn an sich und benutzte ihn erneut als Schutzschild, als sie sich Kurt wieder zuwandte. Er war am Rand des großen Teppichs stehengeblieben. Er sah genauso unbehaglich aus wie sie, und sie war sich fast sicher, dass er genau dasselbe gespürt hatte wie sie. Sie konnten einander nicht vormachen, dass sie sich nicht zueinander hingezogen fühlten. Aber das war auch schon alles. Anziehung. Nichts weiter ... naja, Bewunderung vielleicht. Und das war gefährlich für sie.

„Ich muss seine Windel wechseln", sagte sie und

war froh, eine Ausrede zu haben, um das spontane Abendessen zu beenden.

Er deutete mit dem Daumen in Richtung Tür hinter sich. „Ich muss los. Ich bin länger geblieben als ich sollte."

Sie wollte nicht vorschlagen, dass er blieb – oh nein, das war keine gute Idee. Sie hielt Tate fester. „Okay, bis später. Tut mir leid, dass sie dich mit diesem angeblichen Treffen reingelegt haben."

„Du meinst, es tut dir leid, dass sie uns reingelegt haben?" Er lächelte andeutungsweise.

Tat es ihr leid? Nicht wirklich. „Ja, genau. Pass auf die alten Mädels im Gebüsch auf."

Er lachte, als er zur Tür ging. „Ich finde schon allein raus. Kümmere du dich um den kleinen Mann da."

Sie folgte ihm zur Haustür, hielt sich aber ein paar Meter zurück. „Wir sehen uns."

„Ja." Er öffnete die Tür und nahm seinen Hut von der Hutablage neben der Tür. Während er ihn aufsetzte, hielt er ihren Blick die ganze Zeit fest. „Gute Nacht, Mandy. Du bist wirklich nicht schlecht."

Sie lachte. „Du auch nicht."

Schmunzelnd ging er hinaus und schloss die Tür hinter sich. Durchs Fenster neben der Tür sah sie, wie er zu seinem Truck ging. Sein Schritt lang und sicher, seine Schultern gerade. Sie mochte seinen stolzen, starken Blick. Besonders, nachdem sie von seiner Kindheit gehört hatte. „Gar nicht schlecht", sagte sie zu Tate. „Wirklich gar nicht so schlecht."

Kurt konnte das Bild von Mandy, die Tate in ihren Armen hielt, nicht aus seinem Kopf bekommen. Ihre strahlenden Augen, ihre weiche Haut und der sanfte Blick einer liebenden Mutter berührten ihn. Er dachte den ganzen Weg nach Hause darüber nach. Sie war konzentriert, einfühlsam und interessant. Das zog ihn an. In der Regel sprach er bei seinen Dates nicht über sein Leben. Zumindest nicht so, wie er und Mandy es getan hatten. Er mochte es nicht, eine Vergangenheit aufzuwärmen, die weder schön noch kontrollierbar für ihn gewesen war. Er dachte nicht gern an seinen Vater. Was für ein Mann würde sein eigenes Leben zerstören und dann auch noch fast das seiner eigenen Söhne? Das hatte er nie verstanden. Und es war nichts, worüber er jemals gesprochen hatte. Obwohl es einen Moment gegeben hatte, in dem er versucht gewesen war, Mandy alles zu erzählen. Er hätte gern gehört, was sie von seinem Vater dachte. Wie sie Leland Holden analysieren würde. Sie hatte die Motive seiner Mutter auf den Punkt gebracht. Als würde sie einen Nagel mit einem Hammer mit einem harten Schlag in ein Brett schlagen. Es war fast so, als würden ihre eigenen Einsichten ihr helfen, das alles zu verstehen. Tiefe Einsichten, die nur von einem wahren Verständnis herrühren konnten.

Er fuhr in seinen Carport, stellte den Motor ab und starrte in die Dunkelheit. Was in Mandy Browns Geschichte gab ihr einen solchen Einblick in sein Leben?

KAPITEL ELF

„Kurt! Pass auf – das Kalb", schrie Jess, von wo aus er die Kälber von der Herde trennte. Das Geplärre und der Geruch von staubigem Vieh lag dick in der Luft.

„Sorry", sagte Kurt. „Mein Fehler." Er sollte das Tor öffnen.

„Wo ist dein Kopf, Mann? Das ist das vierte Kalb, das ich wieder von der Herde trennen musste."

„Das ist wegen Mandy", rief Colt, der die Tiere im Chute impfte. „Ich habe gehört, er hat sich letzte Nacht reinlegen lassen."

„Oh, wirklich?" Jess legte seinen Arm auf sein Sattelhorn. „Warum habe ich noch nichts davon gehört? Ich bin viel öfter im Ort als Colt."

„Ich dachte, wir wären hier, um mit dem Vieh zu arbeiten. Ich rede nicht über mein Privatleben."

Das brachte seine beiden Brüder zum Lachen.

Colt gab dem Kalb seine Impfung und blickte auf, als er es aus dem Chute ließ. „Privatleben. Was ist denn daran privat? Alles, worüber sie zwischen ihren Gesprächen über das Rodeo und den Jahrmarkt reden, seid du und Mandy. Was ich heute Morgen im Diner gehört habe, war, dass die alten Kupplerinnen dich zu einer falschen Ausschusssitzung gelotst haben. App meinte, du hast mit Mandy zu Abend gegessen."

„Woher wusste App das?", fragte Kurt.

„Er sagte, Hank sei gegen sechs gekommen. Esther Mae war bei Norma Sue – bei der eigentlichen Ausschusssitzung – und ist ganz aufgeregt nach Hause gekommen, weil du und Mandy zusammen zu Abend gegessen habt."

Kurt runzelte die Stirn. „Woher wussten sie, dass wir zusammen zu Abend gegessen haben?"

„Also hast du mit ihr zu Abend gegessen." Jess war jetzt ganz Ohr.

„Ich leugne es nicht. Ich bin da rausgefahren und dachte, ich würde zu einer Ausschusssitzung gehen.

Doch da war nur Mandy, die auf Tate aufgepasst hat, während Lacy und Clint bei einem Date waren. Am Ende haben wir zu Abend gegessen und uns unterhalten."

„Also, was hältst du von ihr?" Colt starrte ihn durch die Streben des Chute an. „Ich dachte, sie hätte dich vielleicht zum Teufel gejagt. Wusste sie, dass es eine Finte war?"

„Sie hat vor mir begriffen, was los war. Und ich mag sie. Sie ist..." Er machte eine Pause und dachte an den Abend. „Sie ist aufmerksam und amüsant und interessant."

Er sah die Blicke, die seine Brüder austauschten. „Was? Irgendwas falsch daran?"

Jess richtete sich im Sattel auf. „Nichts. Wir haben ja auch nichts gesagt. Du andererseits hast viel gesagt."

„Ich habe mit ihr im Haus ihrer Cousine mit einem schlafenden Baby zu Abend gegessen. Was ist denn schon dabei?" Er war sich nicht sicher, warum er so gereizt war, aber er war es. Er hatte mit anderen Frauen zu Abend gegessen, keine große Sache.

„Colt, hast du jemals gesehen, dass er wegen einer Frau so defensiv wurde?"

„Nein. Noch nie. Was ist los, Bruderherz?"

„Ich bin defensiv, weil wir arbeiten sollten."

„Das kaufe ich dir nicht ab." Jess schüttelte den Kopf. „Du bist derjenige, dem die Kälber durchgehen, weil du dich auf ein süßes Cowgirl konzentrierst."

Stimmt, aber Kurt wollte ihnen nicht die Genugtuung einer Antwort geben, die sie ihm dann ewig unter die Nase reiben würden. Er konnte jedoch genauso gut austeilen, und wenn die Rollen vertauscht wären, wäre er höchstwahrscheinlich derjenige, der lästern und die anderen aufziehen würde. Er sah verblüfft aus. „Colt, solltest du nicht hier fertig werden und dich auf den Weg machen? Ich dachte, du hättest heute Abend ein paar Bullenreitveranstaltungen geplant?"

Er grinste, zog den Hebel und ließ das geimpfte Kalb frei. „Ich habe Zeit. Mach dir keine Sorgen um mich. Ich habe viel Zeit, um alles über dich und Mandy zu hören."

Manchmal war es einfach lästig, Brüder zu haben, dachte Kurt. Sie kannten keine Gnade.

„Im Ernst, Kurt, lass uns darüber reden. Du bist vierunddreißig. Wir arbeiten hier draußen daran, unser

Geschäft zu etwas zu machen, das wir an unsere Kinder weitergeben können. Etwas Bleibendes. Du weißt, dass du nicht jünger wirst."

Colt lachte hinter dem Schutz des Chute hervor. „So ist es, großer Bruder. Vielleicht möchtest du darüber nachdenken, eine Familie zu gründen, damit du nicht zu alt bist, um mit deinen Kindern zu spielen."

„Jess, du bist dreißig, das ist nicht weit hinter mir. Und Colt, du bist achtundzwanzig. Einer von euch muss vor mir ran."

„Du magst dieses Mädchen?", fragte Jess, diesmal ohne neckenden Unterton.

Kurt hätte es abtun, einen Witz machen und wieder an die Arbeit gehen können. Doch seine Brüder verstanden ihn wie kein anderer. Es war eine Bindung, die durch jahrelanges gegenseitiges Füreinanderdasein geschmiedet worden war. Abgesehen von den Neckereien wusste er, dass er offen mit ihnen reden konnte. „Ja, das tue ich. Ich finde ihren Ehrgeiz und ihre Entschlossenheit anziehend. Ich weiß ehrlich gesagt immer noch nicht, was sie so anders macht."

„Das ist einfach", rief Colt, als könnte Kurt das Offensichtliche nicht sehen. „Du magst sie, weil sie dich nicht ändern will wie gewisse andere – auch wenn diese anderen behaupten, dass sie dich nicht ändern wollen...“ Kurt warf ihm einen scharfen Blick zu, bei dem Colt seine Hände hochwarf. „Hey, ich gebe nur wieder, was ich gehört habe. Wie ich schon sagte – dieses Mädchen denkt so wie du.“

Jess klopfte mit der Hand auf seinen Oberschenkel. „Vielleicht solltest du nicht so viel darüber nachdenken, ob du willst, dass etwas ernst wird, sondern es einfach passieren lassen. Schau einfach, wohin das führt.“

„Ja, was kann das schon schaden?“, fügte Colt hinzu.

„Ich weiß, du meinst es gut. Aber habt ihr den Eindruck, dass ich unglücklich bin? Was wollt ihr von mir?“

„Nichts“, sagte Jess. „Wir dachten nur...“

Kurt unterbrach ihn. „Mir geht's gut, okay? Oder ging es zumindest, bis sich diese alten Kupplerinnen auf mich eingeschossen haben. Ich komme wunderbar allein klar, und was auch immer ich tue oder nicht, passiert, wann ich es will und wie langsam oder schnell ich es will.“

Colt grinste und neckte ihn. „Okay, okay, kein Grund, dich aufzuregen. Richtig, Jess?"

„Ja", nickte Jess mit einem breiten Grinsen im Gesicht. „Aufregung ist nicht gut für dich. Entspann dich, wir haben nicht vor, dir Fußfesseln anzulegen und dich zum Altar zu schleifen. "

„Idioten." Kurt lachte, da sie genau wussten, wo sie ansetzen mussten, um ihn ins Schwitzen zu bringen. „Macht euch wieder an die Arbeit. Uns läuft das Tageslicht davon."

„Warum die Eile? Hast du heute Abend ein Date?", rief Jess, und sein Lachen vermischte sich mit dem von Colt.

Kurt unterdrückte ein Schmunzeln. *Brüder.*

Die Tage nach ihrem „Abendessen" mit Kurt vergingen für Mandy wie im Flug. Tagsüber ritt sie und half mit Tate aus, wenn sie gebraucht wurde. Das Baby verbrachte manche Tage mit ihr und andere mit seiner Mutter und seinem Vater. Die Pläne für das Rodeo schienen Form anzunehmen, und die Aufregung wuchs. Überall, wo sie hinging, sprachen die Leute über ehemalige Bewohner der winzigen Stadt, die weggezogen waren und jetzt zurückkamen. Adelas

Enkelin Gabi stand auch auf der Liste. Und Adela war unglaublich aufgeregt darüber. Jeder wusste, dass es ein langer Weg war, bevor diese Leute tatsächlich hierherziehen würden. Doch wie Norma Sue sagte: „Sie nach Hause kommen und all die positiven Veränderungen sehen zu lassen und die Aufmerksamkeit, die sie auf sich ziehen, ist immer eine gute Sache. Wer weiß, vielleicht werden einige bleiben wollen. Und andere könnten sich verlieben."

Natürlich hatte sie Mandy bei dieser letzten Bemerkung direkt angesehen. Mandy hatte in den letzten zwei Wochen viele dieser Blicke abbekommen.

Seit Kurt bei ihr zu Hause aufgetaucht war, hatten sich viele Gedanken darüber gemacht. Sie sagte nicht viel, wiegelte es in der Regel nur mit einer bissigen Erwiderung ab und stellte fest, dass es einfacher war, es mit einem Lachen abzutun. Und davon abgesehen verstanden sie und Kurt einander. Sie wussten beide, dass sie nicht nach Liebe suchten, und das war alles, was zählte.

Die Tatsache, dass sie den Cowboy jetzt sehr

sympathisch und äußerst attraktiv fand, war keine große Sache – wirklich. Es war, als ob das Wissen, dass sie auf derselben Seite waren, ihr half, sich um ihn herum zu entspannen. Nicht, dass sie noch mehr Verabredungen hatten, doch wenn sie ihn sah, schaffte sie es, nicht defensiv zu sein.

Da war jedoch immer noch Erica. Diese Frau hatte echte Probleme. Mandy war ihr zweimal begegnet, und beide Male war es unangenehm gewesen, da Erica sie vollkommen ignoriert hatte, als Mandy etwas gesagt hatte. Einmal war in der Kirche gewesen – was ein sehr seltsamer Ort war, um sich so zu verhalten. Mandy hätte zu gern gewusst, was sie der Frau angetan hatte. Mandy war aufgefallen, dass sie sich Kurt gegenüber genauso verhalten hatte, als er sie im Vorbeigehen gegrüßt hatte. Wenn Erica einfach nur ihr Leben weiterleben könnte. Mandy ließ sich jedoch von ihr nicht stören.

Sie hatte nichts falsch gemacht. Kurt und Erica waren kein Paar und waren es auch nie gewesen. Er hatte von Anfang an klar gemacht, dass er nicht auf dem Markt war. Aber Erica hatte seine Warnung ignoriert. Sie war diejenige, die sich unangemessen verhielt – sie musste die Verantwortung für ihren Fehler übernehmen und darüber hinwegkommen.

Während sie darüber nachdachte, richtete sie ein Fass aus, das weit von der Stelle entfernt war, an der es sein sollte. Einer der Cowboys, die für Clint arbeiteten, hatte zur Mittagszeit mit dem Traktor frische Erde verteilt. Dabei hatte er sich nicht wirklich darum gekümmert, wo er ihre drei Fässer hingestellt hatte, als er fertig war. Sie waren alles andere als richtig positioniert – doch wenn sie mit Ericas schlechter Attitüde umgehen konnte, konnte sie auch ein paar Fässer zurechtrücken.

„Hey, Cowgirl, zwingen sie dich neuerdings, deine Fässer selbst durch die Gegend zu wuchten?"

Beim Klang von Kurts Stimme wirbelte sie herum und sah, dass er sie von der anderen Seite des Zauns aus beobachtete. Ihr Herz stolperte ein bisschen, so wie schon zuvor, wenn er in der Nähe war, doch sie ignorierte es sofort. Sie grinste ihn übermütig an und ging auf ihn zu. „Ja, ich kann es nicht beweisen, aber ich denke, Clint versucht, mich für das Event in eine bessere Form zu bringen, also hat er Bill gesagt, dass er sie aus der Reihe bringen soll, damit ich sie wieder zurückschleifen muss. Spart mir den Gang ins Fitnessstudio, aber ist schon okay." Sie spannte ihre Muskeln an. „Diese Babys wachsen von Tag zu Tag."

Er kniff die Augen zusammen. „Bist du sicher, dass du das als Muskeln bezeichnen willst?"

Der Piepser, den er am Gürtel trug, ging plötzlich los. Er nahm ihn in die Hand und starrte die Nachricht an. „Feuer in Esther Mae Wilcox' Haus", sagte er knapp. „Ich bin bei der Freiwilligen Feuerwehr. Ich muss los."

„Warte!", rief sie, nachdem sie bereits auf den Zaun geklettert war und ein Bein darüber geschwungen hatte. Sie wollte gerade herunterspringen, als er sich umdrehte und sie vom Zaun hob.

„Tut mir leid, ich muss mich beeilen", sagte er und eilte dann zum Ausgang.

Offensichtlich hatte der Cowboy sie falsch verstanden und gedacht, er sollte ihr vom Zaun helfen. Sie joggte ihm nach, in Gedanken bei Esther Maes Feuer. Sie hoffte, dass es nicht schlimm war. „Ich komme mit", sagte sie und ging um den Truck herum, als er die Fahrertür aufriss.

Er hatte den Motor schon angelassen, bis sie ihre

Tür geöffnet und sich auf den Sitz neben ihm geworfen hatte.

„Bist du sicher?", fragte er und stieß bereits zurück, um den Truck umzulenken.

„Sicher bin ich mir sicher. Vielleicht brauchst du Hilfe, also gib Gas!"

Er nickte und trat aufs Gas. Sie bogen aus der Einfahrt, und von der anderen Seite der Weide konnte sie Clints schwarzen Truck sehen, der eine Staubwolke hinter sich herzog, als er die Straße hinunter jagte. Clint und einige seiner Rancharbeiter waren ebenfalls bei der Freiwilligen Feuerwehr.

Die Sonne schien heiß, als sie an dem für den Jahrmarkt vorgesehenen Bereich vorbei rasten. Ab morgen – Mittwoch – würden die Fahrgeschäfte und Stände kommen, und am Freitag würden die Feierlichkeiten losgehen. Doch nichts davon war wichtig, als sie an Esther Mae und Hank dachte. Und das Feuer. Sie betete, dass es ihnen gut ging. Betete für ihre Sicherheit.

Kurt schnappte sich ein Funkgerät und fragte bei der Rettungsleitstelle nach. Es war ein Fettbrand. Esther Mae hatte selbst angerufen. Hank war zu Hause, aber irgendwo auf einer Weide unterwegs. Zwischenzeitlich versuchte sie, es selbst zu löschen.

„Das ist nicht gut", sagte Kurt, und sein Gesichtsausdruck wurde grimmiger. „Esther Mae ist so aufgeregt, dass sie sich verletzen könnte, wenn sie versucht, das brennende Fett zu löschen."

„Kein Haus ist es wert, dass sie verletzt wird." Die Angst um Esther Mae packte Mandy.

Das Funkgerät knisterte, als Männer aus der ganzen Gemeinde reagierten. „Musst du nicht in den Ort, um deine Ausrüstung zu holen?", fragte sie, als sie merkte, dass sie nicht in Richtung Stadt fuhren.

„Die ist in der Truhe auf der Ladefläche. Clint fährt auf die Wache und holt den Löschzug."

„Da ist kein Rauch", bemerkte Mandy einige Minuten später, als das Haus in Sicht kam. „Oh, schau, da sind sie! Auf der Veranda." Erleichterung erfasste sie.

„Sie sehen unverletzt aus."

„Du meine Güte!", rief Esther Mae und stürmte von der Veranda, um sie mit aufgeregten Umarmungen zu begrüßen. „Ihr seid so schnell hier! Danke dem guten Herrn da oben!"

Ihre gelbe Bluse war mit etwas Weißem verschmiert, und ihr flammend rotes Haar und Gesicht sahen aus, als hätte sie sich in Mehl gewälzt. Ihre gelben Shorts waren tropfnass. Ihre rechte Seite war ebenfalls fleckig vom Wasser. Hank saß auf der Veranda und war von Kopf bis Fuß nass. Er hielt einen Eisbeutel an die Stirn, unter dem eine große violette Beule zu sehen war.

„Was ist denn mit dir passiert?", fragten Mandy und Kurt wie aus einem Mund. Andere Trucks hielten hinter ihnen an, und es sammelte sich eine kleine Menge von Feuerwehr-Cowboys, die ebenfalls Fragen stellten. Hank runzelte die Stirn und sah ganz und gar nicht begeistert aus, ihre Fragen zu beantworten.

„Oh, Hank ist zu meiner Rettung gekommen...", schwärmte Esther Mae, die nur zu gern an seiner Stelle antwortete. „Zumindest hat er es versucht. Wisst ihr, ich habe zum Mittagessen Wels frittiert. Und Norma Sue hat mich angerufen..." Sie machte eine kurze Pause und warf Kurt und Mandy einen Blick zu. „Wir haben uns … ähem … unterhalten, und ich bin ein paar Minuten in den anderen Raum gegangen und habe das Frittierfett vergessen. Als ich zurückkam, hatte es schon Feuer gefangen. Ich habe geschrien und den Notruf angerufen – ich hatte ja immer noch das Telefon in der Hand. Dann bin ich zur Tür gerannt und habe „Feuer!" gerufen. Hank hat in der Scheune gearbeitet, und ich war mir sicher, dass er mich hören würde."

Hank verdrehte die Augen und schüttelte den Kopf. Er sah immer mehr so aus, als kämen größere Kopfschmerzen auf ihn zu, als die Beule, die auf seiner Stirn wuchs.

„Hast du dir die Beule geholt, als du das Feuer gelöscht hast?", fragte Mandy.

Hank brummte und wurde tiefrot. „Nicht wirklich."

„Ich habe Hank zugerufen, dass er Wasser bringen soll. Ich meinte den Wasserschlauch, aber ich denke, das erste, was ihm einfiel, war der Kuhteich. Er hat sich einen Eimer genommen und ist so schnell, wie ein Mann in seinem Alter nur kann, auf diesen Teich zu gerannt. Ich weiß nicht, worüber ich mehr geschockt war, dass er gerannt ist oder über das Feuer! Naja, ich habe mich wieder der Küche zugewandt, und die Flammen schossen zur Decke hoch. Ich habe nach Luft geschnappt und die Tür losgelassen, und ob ihr es glaubt oder nicht, dann kam plötzlich aus dem Nichts ein Windstoß und hat die Tür dermaßen gegen die Wand krachen lassen, dass die Regale über dem Feuer auf dem Herd gezittert haben. Da ist meine große Vorratsdose mit dem Backpulver, die da oben stand, runtergefallen und der Inhalt auf das Feuer runtergeregnet! Es war unglaublich anzusehen – und mit Sicherheit ein Wunder." Esther Mae blinzelte die Tränen zurück und strahlte alle glücklich an.

Alle schwiegen, froh, dass das Feuer gelöscht war, und erstaunt, wie es passiert war. Aber was war mit Hank?

Es war plötzlich klar, dass das, was Hank passiert war, peinlich gewesen sein musste, und niemand fragte. Doch Mandy musste es wissen.

„Also, was ist mit Hank?", fragte sie. Alle horchten auf.

Esther Mae neigte den Kopf. „Ich habe Hank zugerufen, dass alles okay ist. Er war gerade am Teich angekommen, doch als er mich gehört hat, hat er sich zu mir umgedreht und ist gestolpert."

„Ja, ich bin gestolpert."

Esther Mae legte ihre Hand auf seine Schulter und blickte auf ihn hinab. „Ist am Rand ins Wasser gestolpert, und da ist es seicht und glitschig. Da ist er ausgerutscht und hat sich den Kopf am Steg angeschlagen. Ich bin natürlich sofort da runter gerannt und habe ihn rausgefischt.“

Hank hob den Kopf mitsamt Eisbeutel und begegnete zuerst Mandys Blick. Und dann geschah etwas ganz Erstaunliches ... sein Mundwinkel zuckte. Seine Augen funkelten wie das erste Leuchten eines Sterns in der Nacht. Als er zu lächeln begann, konnte auch Mandy nicht anders. Und dann kicherte er.

Mandy kicherte mit ihm, so ansteckend, dass schließlich alle mitlachten.

„Oh, Hank“, gurrte Esther Mae, ließ sich neben ihn fallen und umarmte ihn. „Das ist mein Mann. Und genau genommen bist du derjenige, der das Feuer gelöscht hat. Du warst es, der diese Monsterdose Backpulver da oben abgestellt hat, nur für den Fall, dass es jemals brennen könnte.“

Hank tätschelte die Hand seiner Frau und strahlte, als sie sich vorbeugte und ihm einen Kuss auf die Wange gab. Und plötzlich war alles gut auf der Welt.

KAPITEL ZWÖLF

„Das war das Süßeste, was ich je gesehen habe“, sagte Mandy, als sie und Kurt zurück zur Ranch fuhren. „Hank war so verlegen, aber dann hat er begriffen, dass es so viel schlimmer hätte kommen können.“

„Esther Mae macht mich fertig“, fügte Kurt lachend hinzu. „Sie erzählt in aller Seelenruhe die Geschichte, während der arme Hank tropfnass dasaß und die Beule an seiner Stirn von Sekunde zu Sekunde gewachsen ist.“

Mandy lachte. „Und ich dachte, du hättest Mitgefühl für Hanks Situation.“

„Habe ich auch. Armer Kerl. Ich wusste, dass ihm etwas peinlich sein musste, als er nichts gesagt hat.

Aber ich wäre nie darauf gekommen, wie er so nass geworden ist."

„Ich bin nur froh, dass es beiden gut geht. Und ihr Haus sah auch ziemlich gut aus, wenn man bedenkt, was hätte passieren können. Es dürfte ein paar Tage lang nach verbranntem Fett riechen, aber ich war wirklich überrascht, dass sie keinen großen Brandschaden hatten."

„Sie hatten Glück. Und das bisschen Schaden kann Cole Turner in einem Tag beheben. Das ist seine Spezialität."

Sie seufzte und fühlte sich gut. „Ich bin wirklich froh, dass es so glimpflich ausgegangen ist."

Er sah sie an und fuhr langsamer auf einer unbefestigten Straße, die von der Hauptstraße abbog. „Danke, dass du mitgekommen bist. Du bist wirklich großartig gewesen, wie du beim Aufräumen geholfen hast."

„Das war doch nicht viel. Vor allem nicht, nachdem Norma Sue und Adela angekommen sind."

„Du hast gearbeitet, bis sie dich rausgeschmissen haben."

Mandy lachte. „Ha. Es war so offensichtlich, dass

sie wollten, dass wir gehen und den Anhänger voller Kälber holen, den du erwähnt hattest."

„Bist du sicher, dass das okay für dich ist?"

„Ich denke schon. Ich weiß, das ist nur deine Art, zu versuchen, noch ein Date zu bekommen – aber wirklich, Kurt, Esther Mae dazu zu bringen, ihr Haus fast niederzubrennen, das geht dann doch ein bisschen zu weit."

„Ja, das ist sogar für diese Mädels ein bisschen viel."

„Stimmt, aber was ist mit dir?"

Seine Augen funkelten, als er sie ansah. „Ich denke gerade, dass sich alles sehr gut gefügt hat."

Mandy spürte, wie sie angesichts seiner Worte und des Ausdrucks in seinen Augen ein warmes Leuchten erfüllte. Sie hatte keine Schmeichelei erwartet. „Du überraschst mich", sagte sie leise.

„Ja? Wie ist das?"

„Du bist süß. Ich meine, ich fand Hank und Esther Mae süß, aber ich hatte nicht erwartet, dass du süß bist."

„Und das sagst du mit solcher Überzeugung."

Sie lachte über seinen trockenen Ton. „Danke, ich

bemühe mich wirklich sehr", sagte sie ebenfalls trocken, und beide mussten lächeln.

Seine Ranch war gepflegt. Der Holzzaun um das kleine Ranchhaus war alt, aber frisch gestrichen, und das Haus sah aus, als wäre es ebenfalls gerade gestrichen worden. Das weiße Äußere schimmerte im hellen Mai-Sonnenschein und ließ die dunkelgrauen Fensterläden und die Haustür hervorstechen. Sie mochte, wie es aussah. Die Scheune war rot gestrichen. Die Farbe war verblasst, ein Zeugnis davon, dass sie schon viele Jahre überstanden hatte, doch sie sah robust und sehr ordentlich aus. Es war offensichtlich, dass Kurt und seine Brüder ein älteres Anwesen gekauft hatten, doch es hatte eine gute Substanz und das Land drum herum war eben und eine Menge Vieh graste darauf. Wie überall in der Gegend sah das Land so aus, als litte es unter dem Mangel an Regen in letzter Zeit, doch es war immer noch ein hübsches Fleckchen Erde.

„Dein Hof gefällt mir."

Er ließ den Blick durch die Fenster des Trucks über das Land schweifen. „Vielen Dank. Wir sind stolz darauf." Sie fuhren am Haus vorbei und einen Pfad hinunter zu einem Viehhof, auf dem ein Anhänger am Tor zu einem Pferch stand. Sie stiegen aus, und er öffnete das Tor. Als sie ausgestiegen waren, war ein Truck auf den Hof gefahren, aus dem jetzt ein Mann sprang.

„Du musst Mandy Brown sein." Er kam auf sie zu und streckte ihr lächelnd die Hand entgegen. „Ich bin Jess, Kurts Bruder."

„Hi, Jess. Ich habe fast Angst zu fragen, was du über mich gehört hast."

Er schmunzelte übermütig, und seine bernsteinfarbenen Augen leuchteten amüsiert. „Oh, alles ist gut, denke ich. Es sei denn, es macht dir was aus, das Hauptgesprächsthema des Ortes zu sein."

„Lass mich raten. Die notorischen Kupplerinnen?"

Er lachte. „Und App und Stanley. Und Sam. Stanley hat dich heute Morgen wieder in höchsten Tönen gelobt, als ich im Diner gefrühstückt habe. Scheint, als hättest du einen Freund fürs Leben gefunden, als du ihn mit warmer Suppe und deinem strahlenden Lächeln gerettet hast."

Mandy fühlte sich innerlich warm und wusste, dass sie das Richtige getan hatte, als sie ihm die Suppe gebracht hatte. „Kurt hat auch geholfen.“

Jess warf seinem Bruder einen abschätzenden Blick zu. „Er hat den Fahrer gespielt, keine große Sache. Es ist das Lächeln und das warme Herz einer hübschen Frau, an das sich Stanley erinnert. Das hat ihm geholfen, im Handumdrehen gesund zu werden, wie er es heute Morgen ausgedrückt hat.“

„Ich habe nur das Liefermädchen gespielt.“

„Wenn du meinst, aber in Stanley wirst du auf ewig einen Fan haben, der dich lautstark anfeuern wird, wenn du da draußen bist und um die Fässer jagst.“

„Nach dem Brand heute gibt es mit Esther Mae und Hank Wilcox noch mindestens zwei weitere Leute, die das auch tun werden.“

„Brand? Welcher Brand? Hab ich was verpasst?“ Kurt informierte ihn über das, was vor nicht allzu langer Zeit bei Esther Mae passiert war. Als er fertig war, blitzte Jess sie wieder mit seinem Zahnpastalächeln an. Sie hatte das Gefühl, dass er ein Herzensbrecher war, genau wie sein Bruder. Und wie bei seinem Bruder fragte sie sich, ob er mit seinem strahlenden Lächeln durch die Gegend lief und eine

Spur von Frauen mit gebrochenem Herzen und zerschmetterten Träumen von einem glücklichen Leben mit ihm zurückließ.

„Wenn ihr so weiter macht, stiften sie für euch noch einen Samariterpreis in Mule Hollow." Jess zeigte ihnen Daumen hoch.

Kurt brummte und wandte sich dem Pferch voller Kälber zu. „Wenn du hier mit anpackst, können wir sie bewegen."

„Geht klar." Jess zwinkerte ihr zu und ging dann zum Tor.

Kurt nahm seine Neckereien ziemlich gutmütig auf. Sie fragte sich, ob es besser oder schlechter war, wenn sie nicht da war. „Ich helfe euch", sagte sie und folgte Kurt in den Pferch.

„Du musst nicht..."

„Hey, ich bin gekommen, um zu helfen, schon vergessen? Und ich weiß ein bisschen was über Vieh."

„Wie du willst. Halte dich einfach von ihnen fern. Ich möchte nicht, dass du gegen den Zaun gedrängt wirst oder so."

„Alles klar, Partner."

Sie trieben die Ladung Vieh schnell in den

Anhänger und ließen dann den grinsenden Jess in der Einfahrt zurück, als sie wieder gingen.

„Sie ziehen dich wohl die ganze Zeit auf?", fragte sie, doch er zuckte nur mit der Schulter.

„Das ist nun mal so, wenn man kleine Brüder hat."

„Ist dein anderer Bruder genauso?", fragte sie.

„Er hat seine Momente. Er ist ein Bullenreiter und mehr unterwegs als Jess. Wir sehen ihn nicht so oft wie wir es gerne hätten, doch er geht seinen Träumen nach. Er ist diese Woche in Mesquite und reitet bei einem PBR–Event. Am späten Freitagabend kommt er her, gerade rechtzeitig, um beim Bullenreiten hier im Ort mitzumachen, bevor er am Samstagabend zu einem anderen Event weiterfährt. Wie du hat er die Chance, groß rauszukommen, wenn er durchhält und keinen Fehler macht."

Sie blickte ihn finster an. „Willst du damit sagen, dass ich einen Fehler machen werde?"

Er lächelte nicht, als er sie ansah. „Nein. Ich sage, du bist gut, Mandy. Wirklich gut. Und wenn du weiter Zeit investierst und anfängst, von Rodeo zu Rodeo zu ziehen und Punkte zu sammeln..." Er machte eine Pause und lächelte sanft und ermutigend, was sie mitten ins Herz traf. „Wenn du das machst, weißt du genauso gut wie ich, dass du es bis ins Finale schaffen kannst."

Mandys Herz hämmerte in ihrer Brust, als sie die Aufrichtigkeit in seinen Augen sah und sie in seinen Worten hörte. Es war ihr Cowgirl-Traum, und plötzlich fühlte sie sich erregt und aufgerichtet. Ein Kloß steckte in ihrer Kehle. Als es ihr gelang, den Kloß zu schlucken, lächelte sie. „Das sagst du doch nur, weil du immer noch versuchst, ein Date mit mir zu bekommen?"

„Natürlich. Und du hast gerade gesagt, ich sei süß." Er blinzelte mit seinen Schokoladenaugen und ihr Inneres zitterte wie Wackelpudding. „Spaßvogel." Es war harte Arbeit, so zu tun, als würde sie das nicht interessieren!

„Hey, ich muss es versuchen. Und was ich gesagt habe, ist die Wahrheit. Wir sind alle mit unterschiedlichen Talenten gesegnet. Ich kenne dich nicht gut genug, um zu wissen, welche Talente dir in die Wiege gelegt worden sind, aber ich habe vom ersten Tag an gewusst, dass du eine talentierte Barrelracerin bist. Der Herr da oben hat dir dieses

Talent gegeben, und Ehrgeiz und Herz auch. Das ist eine unschlagbare Kombination. Du darfst das nicht verschwenden."

Es gab viel, was der hübsche Cowboy hätte sagen können. Vieles, das sie vor nur wenigen Wochen anhand ihrer ersten Eindrücke von ihm erwartet hätte. Das jedoch gehörte nicht dazu.

Es berührte sie tiefer als er wissen konnte. „Danke", sagte sie und fand einfach nicht die richtigen Worte. Sein Lächeln erwärmte ihr Herz. Plötzlich hatte sie das Gefühl, dass das Innere des Trucks zu klein war, zu beengt, und starrte aus dem Fenster auf die Landschaft, während sie fuhren. Den Rest des Weges zurück zur Ranch schwiegen sie. Als er zur Arena fuhr, war sie erleichtert. Sie brauchte ein bisschen Abstand. Sie hatte auf der Fahrt geschwiegen, doch ihre Gedanken drehten sich um Kurt und das, was er gesagt hatte. Er glaubte an sie.

Sie fand das äußerst ansprechend.

Damit konnte sie umgehen, doch daran dachte sie nicht wirklich. Nein. Sie dachte an einen Kuss.

Sie war neugierig auf seine Vergangenheit gewesen, neugierig auf seine Gedanken und was den

Cowboy zum Ticken brachte. Und jetzt hatte er sie dazu gebracht, sich zu fragen, wie es wäre, in den Armen eines Mannes gehalten zu werden, der an sie glaubte. Doch vor allem fragte sie sich, wie es sich anfühlen würde, wenn seine Lippen ihre berührten.

Ja, ihre Füße hatten gerade den Kontakt zum Boden des Teiches verloren und sie schwamm in trüben Gewässern. Sie sollte niemanden küssen wollen! Sie sollte nicht daran denken, sich zu verlieben!

Aber manchmal konnte ein Mädchen ihre Gedanken nicht kontrollieren, besonders, wenn ein Mann die richtigen Dinge sagte und sie auch so meinte.

Genau deshalb zog sie sich in dem Moment, als sie auf der Ranch ankamen, unter einem Vorwand zurück, schloss die Tür und ging zurück zum Haus.

Sie brauchte Zeit, um einen klaren Kopf zu bekommen.

* * *

Am Donnerstag herrschte auf der Ranch reges Treiben.

Lacy hatte sich die letzten drei Tage freigenommen, und das war gut so. Es herrschte Chaos. Aussteller fielen mit ihren Ständen für Snowcones, Popcorn, Hotdogs und weiß Gott was sonst noch auf der Ranch ein. Mandy konnte am Morgen in der Arena trainieren, doch bald danach war es unmöglich. Das Vieh wurde wagenladungsweise geliefert. Und erst die Bullen! Riesige Bullen, die so gemein aussahen wie der Ruf, der ihnen vorauseilte, wurden von verschiedenen Ranches hergebracht.

Kurt war permanent unterwegs, brachte Tiere hierhin und dorthin und half dabei, alle möglichen Dinge für das Rodeo zu erledigen. Mandy hatte mehr an ihn gedacht als gut für sie war und versucht, ihn so weit wie möglich zu meiden. Da er mit den Vorbereitungen für das Rodeo so beschäftigt war, war es gar nicht so schwer, ihm aus dem Weg zu gehen.

Sie war bei Lacy, als Lilly und Cort Wells in die Scheune kamen. Sie waren am Freitag und am Samstag für den Streichelzoo verantwortlich, halfen aber auch abends bei den Rodeos mit. Samantha, ihr Esel, der ein besonderes Talent dafür hatte, Chaos zu stiften, war immer die Hauptattraktion des Zoos, und sie würde am

Freitagabend in einem Stall in der Scheune untergebracht werden.

Die beiden waren ein großartiges Paar und gerade dabei, Zwillinge zu adoptieren. Mandy lachte, als sie ihr erzählten, wie sie sich kennengelernt hatten und wie Samantha ihren Teil dazu beigetragen hatte, sie zu verkuppeln. Nach allem, was sie sagten, war sie eine notorische Ausbrecherin, die gerne durch die Gegend wanderte, anstatt in ihrem Stall zu bleiben. Aus diesem Grund machte sich Lilly ein bisschen Sorgen, dass sie ausbrechen und das Rodeo stören könnte. Sie betrachtete ihre Box, um zu sehen, welche Vorsichtsmaßnahmen sie treffen mussten, um sicherzustellen, dass sie nicht entkam.

Mandy ging mit ihnen, und musste zustimmen, dass sie etwas tun mussten, um die Tür sicherer geschlossen zu halten. Alles, was das schlaue Tier tun musste, war, den Riegel mit der Nase hochzustoßen, und schon wäre sie frei. Keine gute Sache.

Die Kupplerinnen des Ortes fuhren gerade vor, als sie die Scheune verließen. Cort machte sich auf die Suche nach Clint. Lilly, Lacy und Mandy halfen den alten Damen beim Vorbereiten des Imbissstandes.

„Einen Moment mal", sagte Norma Sue, als Esther Mae zum Grill ging. „Komm du mir bloß nicht in die Nähe des Grills."

„Mache ich ja nicht, aber es hätte nie angefangen zu brennen, wenn du mich nicht angerufen hättest", gab Esther Mae mit einem Kichern zurück und sah glücklich aus. „Ich sage dir, Mädchen, es gibt nichts Schöneres als einen Beinaheunfall, um einem klar zu machen, wie gesegnet man ist. Ich hätte fast mein Haus verloren. Natürlich ist ein Haus nur ein Haus… und dann ist mein Hank mit dem Kopf gegen den Steg geschlagen und wäre fast ertrunken. Wenn ich nicht dort gewesen wäre – *das* wäre ein Verlust gewesen, den ich nicht hätte ertragen können. Ich kann mich sehr glücklich schätzen, dass alles gut ausgegangen ist."

Während sie sprach fingen alle an, die verschiedenen Bereiche zu organisieren. Lacy, die gerade Becher in ein Regal räumte, hielt inne.

„Ich weiß, was du meinst, Esther Mae. Als ich endlich mit Tate schwanger war, war ich einfach so überglücklich. Wirklich, wirklich glücklich. Ich meine, ich hatte mich schon damit abgefunden, dass ich vielleicht kein Baby bekommen kann. Ich dachte, für mich und Clint gäbe es einen anderen Plan, so wie für Lilly und Cort. Aber dann, als ich schwanger wurde, habe ich mich so gesegnet gefühlt. Es ist erstaunlich, was wir alles für selbstverständlich halten, nicht wahr?"

„Es ist wirklich so", mischte sich Lilly ein. „Cort und ich haben schon vor unserer Hochzeit gewusst, dass er keine Kinder haben konnte. Wir waren schon glücklich, dass wir Joshua hatten." Sie lächelte und ließ ihre Grübchen tanzen. „Meine Großmütter hatten vielleicht nie Glück mit Männern, aber ich sage dir, ich habe so einen Schatz in Cort gefunden. Er ist vielleicht nicht Joshuas biologischer Vater, aber er *ist* sein Vater. Und er wird auch für unsere neuen Jungs der wunderbarste Dad sein."

„Ja, das wird er", sagte Adela, öffnete eine Packung Servietten und steckte sie in einen Spender. „Psalm 107: 21 sagt, wir sollen dem Herrn für seine unfehlbare Liebe und seine wunderbaren Taten für die Menschen danken." Sie lächelte warm. „Ich liebe es, wenn ich junge Leute wie euch höre, die ihm die Ehre erweisen, die er so verdient. Er mag es auch."

Mandy füllte die Kühlbox mit Limonaden und war froh, dass sie am Rande des Geschehens beschäftigt war, weg von allen. Ihre Gedanken kreisten plötzlich darum, wie wütend sie über die Scheidung ihrer Eltern gewesen war, und ihr Leben, bevor sie hierher nach Mule Hollow gekommen war. Sie blickte nicht auf, als sie Getränkedose um Getränkedose nahm und sie in den isolierten Behälter legte. Sie schämte sich so sehr. Hatte sie beim Nachdenken über all die Dinge in ihrem Leben, mit denen sie unzufrieden war, das Gute in ihrem Leben aus den Augen verloren? Dieser Gedanke traf sie wie eine Schlammlawine.

KAPITEL DREIZEHN

„Das war ein langer Tag", sagte Jess am Ende des Tages. „Bis morgen früh, Bruderherz", rief er und sah Kurt aus dem offenen Fenster seines Trucks an.

„Ich bin nicht weit hinter dir", sagte Kurt. „Morgen wird auch lang werden." Er blickte Jess nach und wollte zu seinem Truck gehen, machte dann jedoch einen Umweg in die Scheune zu Murdochs Box. Mandy war vorhin in diese Richtung verschwunden. Da der Jahrmarkt auf dem Gelände stattfand war ziemlich viel los, und er hatte das Glück gehabt, sie im Getümmel überhaupt zu sehen.

Er fand sie in der hinteren Ecke, wo sie allein auf einem umgedrehten Eimer saß. „Was ist los? Du siehst aus, als hättest du deinen besten Freund verloren. Bist du müde?"

Sie sah ihn mit ernsten Augen an, mehr blau als grün im Schatten. „Ist dir jemals bewusst geworden, dass du ein Idiot warst?"

Das klang nicht gut. „Was habe ich denn jetzt falsch gemacht?"

Ihre Augen weiteten sich, und sie lachte kurz. „Nein, nicht du. Ich bin der Idiot."

Ihr Blick wanderte von ihm zu einem weit entfernten Ort in ihren Gedanken. Er bemerkte einen weiteren Futtereimer, nahm ihn und setzte sich in ihre Sichtlinie. „Du bist kein Idiot. Sprich mit mir."

„Als wir am Imbissstand gearbeitet haben, habe ich den anderen zugehört, wie sie über den Segen und all die guten Dinge in ihrem Leben gesprochen haben. Über alles, wofür sie dankbar waren, obwohl auch viele schlechte Dinge passiert sind. Ich habe darüber nachgedacht, wo mein Kopf war, seit ich hierhergekommen bin. Ich kann mich ehrlich gesagt nicht erinnern, wann ich das letzte Mal dankbar für all das Gute in meinem Leben gewesen bin. Und ich habe viele Dinge, für die ich dankbar sein kann – wie zum

Beispiel, dass ich hier bin. Es war wunderbar, in Lacys und Clints Haus ein zweites Zuhause und einen Ort zu haben, an dem ich Murdoch reiten kann. Es war schön, Zeit mit Tate, Lacy und Clint zu verbringen."

„Und was ist mit mir?", feixte er.

„Ja, es war ein wahrer Segen, dich kennenzulernen. Und das ist ein großer Schock für mich."

Er runzelte die Stirn und zog ein gespielt finsteres Gesicht. „Hey, bis gerade eben hat sich das alles wirklich nett angehört."

Sie schnaubte und schien sich dabei zu entspannen. „Ich bin nur ehrlich. Ich dachte, du wärst ein bisschen ein Idiot, als ich dir das erste Mal begegnet bin. Aber dann habe ich meine Meinung über dich geändert."

„Ich bin froh darüber. Und selbst wenn du sie nicht geändert hättest, du bist kein Idiot. Viele Menschen verlieren die guten Dinge in ihrem Leben aus den Augen, wenn sie Müll aus ihrer Vergangenheit mit sich herumschleppen. Es ist nicht immer leicht, loszulassen. Glaub mir, das weiß ich aus Erfahrung." Er hatte das Gefühl, dass etwas an der Scheidung ihrer

Eltern sie belastete, doch er würde sie nicht danach fragen. Sie würde es ihm sagen, wenn sie bereit war. Er war sich nicht sicher, wie genau sie ihn sah. Sicher, sie würden in gewisser Weise Freunde werden. Im Augenblick fiel es ihm jedoch schwer zu definieren, was sie gerade waren. Er wusste, dass er es genoss, mit ihr zusammen zu sein. Seltsame Dinge geschahen, wenn er Zeit mit ihr verbrachte … er war entspannter, aber gleichzeitig auf andere Weise angespannt. Er konnte sich nicht konzentrieren, wenn sie in der Nähe war, weil er in letzter Zeit immer wieder von der Idee abgelenkt wurde, sie zu küssen. Wenn er sie küsste, würde sie ihn wahrscheinlich ohrfeigen und ihn sicher einen Idioten nennen. Was definitiv nicht gut wäre. Augenblick mal! Was tat er da? Gerade eben noch hatte er versucht, herauszufinden, was mit Mandy los war, und plötzlich dachte er darüber nach, sie zu küssen?

Ja, nicht gut.

„Ich weiß nicht, was dich belastet, aber wenn ich helfen kann, bin ich hier." Sie konnte entscheiden, ob sie reden wollte oder nicht. Ihm wurde bewusst, dass er sich wünschte, sie würde sich sicher genug fühlen, um mit ihm zu reden. Er wollte ihr näher kommen. Die Idee erschreckte ihn ein bisschen. Es war anders als bei anderen Frauen. Anders, als sich nur von einer Frau angezogen zu fühlen. Er versuchte, seine Gefühle zu verstehen. „Ich bin hierhergekommen, um meinen Traum, ein Cowgirl zu sein, zu verwirklichen. Das ist, was ich tue. Aber ich habe es vor Jahren aufgegeben, um eine Karrierefrau zu werden, wie mein Vater es von mir erwartet hat. Man soll tun, was die Eltern wollen – oder nicht?"

Nicht unbedingt. Er dachte an seinen Vater. Wenn er getan hätte, was sein Vater wollte, würde er sich in Selbstmitleid suhlen und seine Tage damit verbringen, nach der nächsten Flasche zu suchen.

Aber das musste Mandy nicht hören. „Bis zu einem gewissen Grad", sagte er. Die Wut, die er vom ersten Tag an in ihr gespürt hatte, hatte sich in ihre Stimme eingeschlichen.

„Ich wusste, was ich mit meinem Leben anfangen wollte. Ich hätte ein Champion sein können. Ich kann vielleicht immer noch einer werden – aber ich war in letzter Zeit voller Ressentiments, und das hat in den letzten Monaten alles in meinem Leben überschattet.

Ich habe alles aus einer Laune heraus auf den Kopf gestellt und bin hierhergekommen. Und jetzt wohne ich bei Lacy."

„Meine erste Frage ist, warum hast du plötzlich diese Gefühle? Hast du es nicht gehasst, als du deinen Traum aufgegeben hast?"

„Mein Vater..." Ihre Worte waren voller Wut.

Sie holte Luft und beruhigte sich sichtlich, als sie von vorne anfing. „Mein Vater hat mich dazu gedrängt, etwas anzustreben, was er für einen höheren Status hielt. Er war sich sehr bewusst, wie und was andere über uns als Familie dachten. Er dachte, dass Reiten während meiner Schulzeit großartig für mich war, aber das sollte dann aufhören. Ich sollte an die Uni gehen und den Abschluss in Buchhaltung machen, den er für angemessen hielt. *Profi Rodeo-Cowgirl* hatte einfach nicht den richtigen Klang."

Mandy war ein gutes Mädchen gewesen und hatte getan, was ihr Vater wollte. „Aber warum rebellierst du plötzlich und machst, was du willst? Warum jetzt all der Groll? Liegt es an der Scheidung?" Sie stand auf und ging ein paar Schritte weg, bevor sie sich umdrehte. Er sah das Feuer in ihren Augen blitzen.

„Zum Teil. Aber hauptsächlich wegen seiner Affäre. Als ich davon erfahren habe, war ich weg."

„Du kannst dich nicht davon auffressen lassen. Glaub mir, ich weiß das."

Er ging zu ihr und wollte die Haarsträhnen aus ihrem Gesicht streichen, die aus ihrem Zopf gerutscht waren. „Ich kann mich an das erste Mal erinnern, als ich verstanden habe, dass mein Vater ein Alkoholproblem hatte. Wie schon gesagt, ich war jung. Ich erinnere mich nicht einmal, wie alt ich war, aber ich erinnere mich an die Auseinandersetzungen meiner Eltern. Nichts Körperliches, nur bitteres Geschrei. An dem Tag hat meine Mutter im Badezimmer geweint, und ich habe meinen Vater gefragt, warum er meine Mutter immer zum Weinen bringt. Er hat mir gesagt, sie hätte gewusst, dass er trinkt, als sie ihn geheiratet hat, und deshalb hätte sie keinen Grund, es ihm dauernd vorzuhalten. Und dann habe ich zugesehen, wie er die Flasche hochgehoben und sie ohne abzusetzen ausgetrunken hat. Mir ist schon vom Zusehen schlecht geworden. Er hat mich angesehen und mir dann das erste von vielen Malen gesagt, dass ich genauso werden würde wie er." Er hielt inne. Es machte ihn immer noch krank, darüber nachzudenken. „Das werde ich nie vergessen. Ich war jung, aber ich wusste damals, dass ich nie werden wollte wie er. Ich war mir nicht sicher, ob das, was er gesagt hatte, wahr werden könnte – als Kind habe ich es ja nicht verstanden. Ich wusste nur, dass ich es nicht wollte. Danach bin ich ganz schnell erwachsen geworden."

„Das tut mir leid." Sie legte ihre Hand auf seinen Arm, und ihre Wärme sickerte in seine Haut.

„Es ist sehr lange her. Ich habe gelernt, ein Mann zu sein und darüber hinwegzukommen."

„Du wirst nicht wütend deswegen?"

„Doch, das schon. Ich hatte nicht das Gefühl, hintergangen worden zu sein wie du, doch ich habe darüber gegrollt, dass er mein Vater war. Anders als bei dir hatte er keine Erwartungen an mich. Du bist wütend, weil du die Hoffnungen und Träume deines Vaters erfüllen solltest, weil du getan hast, wovon du wusstest, dass es richtig war." Er konnte sehen, dass er damit ins Schwarze getroffen hatte. „Du hast deinem Vater gehorcht und getan, was er von dir erwartet hat."

„Und er hat mich enttäuscht."

„Ja, das hat er. Mein Vater hat mich auch

enttäuscht, aber es war kein Geheimnis. Keine Überraschung. So war es eben. Du dagegen hast nichts davon gewusst. Und so wie es für mich aussieht, taumelst du immer noch, als wärst du von einem Stier abgeworfen und zu Boden getrampelt worden. Du hast jedes Recht, wütend zu sein."

Sie versteifte sich und straffte ihre Schultern. „Oh ja, das habe ich. Daran besteht kein Zweifel."

„Schau, wir können uns unsere Eltern nicht aussuchen. Aber wir können uns aussuchen, wer wir werden. Und genau das tue ich. Ich weiß nicht, ob du etwas über Clints Mutter weißt, aber in gewisser Weise hat sie getan, was dein Vater getan hat. Sie ist gegangen, und Clint und sein Vater hatten es sehr schwer deswegen. Aber Mac war fleißig und ehrlich, und immer jemand, zu dem ich aufblicken konnte. Ich habe angefangen, an dem Tag für ihn zu arbeiten, als wir hierher gezogen sind, als ich fünfzehn war. Er war ein großer Einfluss in meinem Leben."

„Ich habe Clint über seinen Vater reden hören. Er hat seine Ranch mit harter Arbeit aufgebaut. Clint macht genauso weiter. Lacy ist so stolz auf ihn."

Sie seufzte und sah verloren aus. „Ich war auch

mal stolz auf meinen Vater. Ich habe ihn für einen ehrenwerten Mann gehalten. Ich habe geglaubt, dass er meine Mutter liebt. Ich war so wütend auf ihn und zerrissen von dem Gedanken, dass ich ihm irgendwie vergeben soll, dass er diese Wut in mir geweckt hat. Aber *genug* davon." Sie wedelte mit der Hand, als wollte sie die Gedanken verscheuchen. „Wie auch immer – heute ist mir bewusst geworden, dass das alles ist, worauf ich mich konzentriert habe. Es ist schrecklich, dass ich all die guten Dinge in meinem Leben vergessen habe. Ich will versuchen, positiver zu sein."

Er legte seine Hände auf ihre Schultern. Er konnte nicht anders. „Gut. Das solltest du jetzt wirklich tun. Du kannst dich später mit diesen Gefühlen befassen, aber heute Abend musst du den Kopf freibekommen und dich auf morgen vorbereiten. Du musst das alles aus deinem Bewusstsein verdrängen und dein Gleichgewicht finden. Murdoch zählt auf dich." Er lächelte, denn er wusste, dass sie ihr Pferd stolz machen wollte. „Du hast das in der Tasche, wenn du dich morgen Abend nur auf deinen Ritt konzentrierst. Vielleicht ist es einfach die Nervosität, die dich gerade so mitnimmt."

„Vielleicht. Teilweise zumindest."

„Konzentrier dich, Mandy Brown – Cowgirl der Extraklasse." Das brachte ein winziges Lächeln auf ihre Lippen, und er senkte seine Stirn an ihre. Als sie sich nicht zurückzog, schenkte er ihr ein breites Lächeln. „Reite morgen Abend wie der Wind und mach dich stolz." Er zog sich zurück und sah ihr streng in die Augen. „Reite nicht mit Wut. Reite nicht, um jemand anderem als dir selbst etwas zu beweisen. Du hast hart gearbeitet, um deine Zeit zu verbessern. Alles, was du tun kannst, ist, alles zu geben. Alles andere ... das wird sich mit der Zeit von selbst fügen."

Sie lehnte ihren Kopf an seine Brust und nickte. Er zog sie in seine Arme und umarmte sie. Hielt sie einfach fest und gab ihr den Trost und die Unterstützung, von denen er wusste, dass sie sie brauchte. Er genoss es, in diesem Moment für sie da sein zu können. Wieder zog sie ihn an, genau wie sie es vom ersten Tag an getan hatte.

Und er war sich nicht ganz sicher, was er dagegen tun sollte.

KAPITEL VIERZEHN

Es war ein wunderschöner, sonniger Tag für den Jahrmarkt. „Ist das nicht ein ganz Süßer?", gurrte Esther Mae und winkte Tate zu. Er trug ein Baby-Cowboy-Outfit mit Chaps und saß oben auf dem fettesten kleinen Esel, den Mandy jemals gesehen hatte.

Samantha, der Esel, war bezaubernd. Sie war grau mit weißen Tasthaaren und so rund, dass sie Speckrollen von den Schultern bis zu den Hüften hatte. Sie hatte große, braune, schelmische Augen, und wenn sie mit den Wimpern klimperte, fragte sich Mandy, was das kleine Ding gerade dachte. Tate liebte es, auf ihrem Rücken zu reiten. Es bestand kein Zweifel, dass Tate bei all den Cowboys in seinem Leben eines Tages selbst ein Cowboy werden würde.

„Er liebt es", sagte Lacy und strahlte ihn an, als sie ihn hielt. Er stopfte sich die Faust in den Mund und grinste seine Mutter an, dann alle anderen, die ihn beobachteten. Er genoss es, im Mittelpunkt der Aufmerksamkeit zu stehen. Mit sechs Monaten war er bereits ein erfahrener Flirter mit seinen großen blauen Augen.

„Juu-huu, Kurt", rief Esther Mae plötzlich und erschreckte alle, einschließlich Samantha, die ihren Kopf hob und an Mandy vorbei blickte, um zu sehen, was der Grund der plötzlichen Aufregung war. Alle, einschließlich Mandy, drehten sich um und sahen Kurt auf sie zukommen.

„Ich dachte schon, du wolltest einfach so an uns vorbeigehen", bemerkte Esther Mae und sah schelmischer aus als Samantha es je könnte.

Kurts Blick begegnete dem von Mandy, und sie sah den Schalk auch in seinen Augen glitzern. „Ich habe es mir überlegt, Esther Mae, doch bei all den hübschen Frauen, die hier beisammenstehen, konnte ich unmöglich einfach so vorbeigehen."

Mandy lachte fast über das Funkeln in Kurts

Augen. In dem Moment, als sie Esther Mae seinen Namen hatte rufen hören, hatte sich ihr Puls beschleunigt. Er hatte sie gestern Abend so unterstützt, und sie war immer noch fasziniert davon, wie sicher und getröstet sie sich in seinen Armen gefühlt hatte. Es war ihr schwergefallen, sich zurückzuziehen und ihn gehen zu sehen. Ihr Herz hatte geseufzt, als er weggefahren war und sie auf der Veranda stehengelassen hatte. Sie war froh, dass das Haus so still gewesen war, als sie hineingegangen war, da sie fast erwartet hatte, Lacy auf der Treppe zu sehen.

Mandy Brown, Möchtegern-Cowgirl, war in Gefahr, sich zu verlieben.

„Was treibst du gerade?", fragte Norma Sue und ging zu ihm hinüber. Sie hakte ihre Daumen in die Träger ihrer Latzhose und musterte ihn aufmerksam. „Du siehst nicht so aus, als hättest du letzte Nacht viel Schlaf bekommen."

Mandy betrachtete ihn genauer und sah nicht, was Norma Sue meinte. Der Mann sah absolut perfekt aus. Seine kaffeebraunen Augen waren hellwach und aufmerksam. Sie weiteten sich auf den Kommentar der Rancherin hin.

„Ich habe geschlafen wie ein Baby."

„Gut!", nickte Esther Mae. „Dann kannst du ja mit ihr hier zu den Wettbewerben rübergehen und mitmachen", sagte sie und schob Mandy auf ihn zu. „Ich höre, dass sie gleich mit dem Dreibeinrennen anfangen werden. Und das ist immer nett, um–"

Adela trat vor und unterbrach Esther Mae. „Herzen höher schlagen zu lassen und Leute zum Lachen zu bringen."

Esther Mae verschränkte die Arme vor ihrer türkisfarbenen Bluse und schnaubte. „Es ist auch nett, um seinen Partner näher kennenzulernen. Und vergiss das Krakenfahrgeschäft nicht!"

„Ich habe nicht vor, bei dem Spielen mitzumachen", protestierte Mandy.

Lacy kicherte und sah Tate an. Sie rieb ihre Nase an seiner, und er griff nach ihren Haaren. „Oh nein, das tust du nicht. Hallo." Sie sah Mandy an. „Ich werde ihn füttern, und dann komme ich zurück, um meinen Meistertitel im Kuhfladenweitwurf zu verteidigen. Ich fordere dich offiziell heraus. Jedes Cowgirl muss wissen, wie man Kuhfladen wirft."

„Ich wollte nicht..." Mandy fühlte sich

überrumpelt. Das Leuchten in Kurts Augen sagte ihr, dass er wusste, wie sie sich fühlte, doch er schien sich über die Situation zu amüsieren. Er hatte keine Ahnung, wie überfahren sie sich fühlte, oder wie ernsthaft sich ihre Gefühle für ihn änderten. Sie hatte es gewusst, als sie an diesem Morgen ihre Augen aufgeschlagen hatte. Als Lacy sie mit einem strahlenden Lächeln ansah, konnte sie nicht nein sagen. „Okay", stimmte sie zu. „Ich bin dabei. Du solltest besser vorbereitet sein. Ob du es glaubst oder nicht, ich bin ziemlich gut im Kuhfladenweitwurf."

Und so ging sie neben Kurt durch die Menge und fühlte sich, als würde sie mit auf dem Rücken gefesselten Händen eine Straße hinuntergehen. Kurt hingegen sah aus, als wäre er auf der gleichen Straße unterwegs, würde die verrückte Fahrt jedoch genießen, so, wie seine Lippen zuckten, als er sie ansah.

„Also kannst du tatsächlich Kuhfladen werfen?"

„Ich habe es schon eine ganze Weile nicht gemacht – bestimmt zehn Jahre nicht – aber ich kann das."

Als sie sich durch die Menge bewegten, warf er ihr einen ungläubigen Blick zu. „Du hast sie allen

Ernstes angefasst?"

„Das wäre ein fettes *Nein*. Ich habe es immer mit Handschuhen gemacht. Diese Dinger sind – na ja, du weißt, was sie sind. Sowas fasse ich nicht an. Aber mit meiner Cousine kann ich es sicher aufnehmen."

„Daran habe ich keinen Zweifel. Und was ist mit heute Abend? Bist du bereit für das Barrel Racing?"

„Ja, bin ich. Aber ich denke, das Dreibeinrennen wird ein großartiges Aufwärmprogramm. Die alten Damen hatte recht. Das ist eine gute Sache, du und ich."

„Wie in dem Sugarland Song. *Stuck like glue*", sagte er.

Mandy kicherte. „Vollkommen korrekt. *You and me, babe*."

Kurt lachte. Der leise, heisere Laut ließ Mandys Puls tanzen.

Sie gingen an verschiedenen Ständen mit handgefertigten kleinen Kunstgegenständen, Tonnen von Schmuck und einem halben Dutzend Essensständen vorbei. Kurt blieb vor einem Burgerstand stehen. „Ich muss etwas essen, bevor wir am Rennen teilnehmen."

„Gute Idee. Ich würde nicht verlieren wollen, weil du plötzlich einen Hänger hast."

„Oh, darüber musst du dir keine Sorgen machen. Ich komme schon klar."

Sie stemmte die Hände in die Hüften und bemühte sich, nicht zu lachen. „Ein bisschen ehrgeizig, oder?"

Er tippte mit seinem Zeigefinger auf ihre Nase. „Vergiss das nicht."

„Dann passen wir ja gut zusammen." Die Worte kamen aus ihrem Mund, bevor ihr bewusst wurde, was sie sagte. Sie sah ihn mit funkelnden Augen an und entschied, dass jetzt vielleicht ein guter Zeitpunkt wäre, um den Mund zu halten. Der Blick in seinen Augen sagte ihr, dass er vielleicht das Gleiche dachte. Plötzlich fragte sie sich, ob sie wirklich gut zusammenpassten. Sie erinnerte sich daran, wie er sie in seinen Armen gehalten hatte, und es traf sie wie ein Blitz, dass dem so war.

Sie wich einen Schritt zurück. Ihr Arm hatte seinen beim Anstehen berührt. Plötzlich fühlte sie sich schwach und wollte sich setzen, da sie befürchtete, ohnmächtig zu werden. Sie hatte keine Zeit durchzudrehen. Sie hatte keine Zeit, über Dinge nachzudenken, an die sie lange nicht mehr gedacht hatte.

Sie vertraute Männern nicht. Oder?

Sie wollte keinen Mann in ihrem Leben. Oder? Sie wollte sich nicht verlieben. Oder?

Aber er *war* großartig. Er war unglaublich aufrichtig. Er war amüsant. Man konnte sich leicht in ihn verlieben.

Oh, du meine Güte – sie *war* in Schwierigkeiten.

Seine Augenbrauen zogen sich zusammen, als er sie seltsam ansah. „Bist du okay?"

Sie klopfte sich mit der Hand auf den Bauch. „Nur die Nerven", quietschte sie und schnappte ein wenig nach Luft.

„Wirklich? Du bist kalkweiß. Komm." Er nahm ihren Arm und führte sie aus der Reihe zu einer Stelle hinter den Ständen, weg von der Menge. Sie hatten in einigen Bereichen Heuballen verwendet, um müden Jahrmarktsbesuchern Sitzgelegenheiten zu bieten. Er führte sie dorthin und zwang sie sanft, sich zu setzen.

„Mir geht's gut", sagte sie. „Wirklich." Schwarze Flecken tanzten vor ihren Augen.

Er kniete sich vor sie, und seine besorgten braunen

Augen schienen mit ihren zu verschmelzen, als er sie ansah. Sanft berührte er ihre Stirn mit seinen Fingern. Sie schnappte nach Luft angesichts der Berührung, dann senkte sie den Kopf zwischen ihre Knie und schnappte nach Luft.

„Atme, Mandy, atme." Kurt rieb Mandys Rücken. Er war sich nicht sicher, was los war. Gerade eben war es ihr noch gut gegangen – sie hatte gescherzt und ihn zum Lachen gebracht. Dann war sie plötzlich weiß wie ein Laken geworden und drohte, ohnmächtig zu werden.

„Mir geht's gut", stöhnte sie kurz darauf und richtete sich auf, auch wenn sie vollkommen fassungslos wirkte. Sie starrte ihn an, als hätte er zwei Köpfe. „Habe ich irgendwas falsch gemacht? Bist du sicher, dass es mit deinem Ritt heute Abend zu tun hat?" Er hatte die ganze Nacht an sie gedacht. Er hatte noch nie eine Frau so im Kopf gehabt wie Mandy. Er hatte sein Bestes getan, um sich den ganzen Morgen von ihr fernzuhalten, weil er sie so sehr hatte sehen wollen. Er war sich nicht sicher, ob sie gewollte hatte, dass er heute Morgen auftauchte, oder ob sie vielleicht böse auf ihn war. Vielleicht war das eine gute Sache –

er war sich nicht sicher.

„Nein, du hast nichts falsch gemacht.“

Er beugte sich vor. Sie holte tief Luft, lehnte sich zurück und hielt Abstand. „Okay, was ist dann los?“

Sie schüttelte den Kopf, als wollte sie ihn klar bekommen, sprang dann jedoch vom Heu auf und starrte ihn an. „Ich will das nicht.“

„Was willst du nicht?“, fragte er und behielt seine Ruhe inmitten eines wachsenden Sturms.

„Das.“ Sie wedelte mit der Hand zwischen ihm und sich selbst. „Das! Das, was zwischen uns passiert. Und versuch bloß nicht, es zu leugnen, denn ich weiß, dass du es auch spürst. Oder vielleicht auch nicht.“

Er sollte sie nicht süß finden. Doch er tat es. Das brachte ihn innerlich zum Lächeln. Er mochte ehrlich alles an Mandy Brown, einschließlich ihrer seltsamen Neigung, wütend auf sich selbst zu werden, wenn sie Dinge spürte, die ihr nicht gefielen ... oder von denen sie sich bedroht fühlte. Er schmunzelte sie an, obwohl es Gedanken an ihn waren, die sie so wütend machten.

„Ich weiß, dass ich es genieße, mit dir zusammen zu sein. Aber im Moment freue ich mich auch darauf, dass du und ich in ein paar Minuten beim

Dreibeinrennen die anderen Paare unseren Staub inhalieren lassen werden. Weißt du, was ich denke?" Er kratzte sich am Kinn, verschränkte die Arme und musterte sie.

„Was?" Sie starrte ihn an, hielt aber inne.

„Ich denke, du musst dich entspannen. Du machst mehr daraus als es ist." Er wollte, dass sie sich beruhigte. „Tatsache ist, dass ich dich mag und du mich magst. Keine große Sache. Wir haben immer noch die Kontrolle darüber, was wir damit machen. Richtig?" Er nickte und drängte sie behutsam, zuzustimmen.

Sie sah ein bisschen verwirrt aus, nickte jedoch. „Ja."

„Gut, dann entspann dich und lass uns ein Rennen gewinnen. Und vergiss nicht, ich will sehen, wie du einen Kuhfladen weiter als jeder andere wirfst."

KAPITEL FÜNFZEHN

„Bist du bereit?", fragte Kurt Mandy, als sie den Futtersack über ihre Beine zogen. Sie hatten ihr linkes Bein mit dem Seil, das Stanley ihnen gegeben hatte, an sein rechtes Bein gebunden.

„Ich bin immer bereit für ein kleines Rennen", sagte sie, kniff die Augen zusammen und bereitete sich schmunzelnd auf den Wettkampf vor. Sie ließ ihren Blick langsam über das Feld der Konkurrenten schweifen und versuchte, sie einzuschätzen.

„Du siehst aus, als meintest du es ernst. Ich muss dich warnen, dass ich das noch nie gemacht habe, also hoffe ich, dass du nicht zu enttäuscht sein wirst."

„Hey, du musst dich konzentrieren, Kurt Holden. Konzentrier dich und sag dir einfach, dass du es kannst. Sieh mich an." Sie nahm sein Gesicht zwischen ihre Hände und sah ihm in die Augen. „Jetzt lies meine Lippen und sprich mir nach. *Ich kann das.*"

Er lachte. „Ich kann das."

„Siehst du, schon besser. Wir machen das jetzt, nicht wahr, Jungs?"

Stanley und App standen vor ihnen. Beide Männer hatte die Arme vor der Brust verschränkt, während sie sie mit kritischen Blicken beobachteten.

„Ihr solltet das Seil besser festziehen", brummte App.

„Absolut. Wenn es zu viel Spiel hat, könntet ihr stolpern", sagte Stanley und sah aus, als wollte er am liebsten das Binden selbst übernehmen.

Kurt grinste, als er sich vornüberbeugte und das Seil betrachtete. „Ich mache das schon, Stanley. Mach dir keine Sorgen." Er bewegte das Seil und sah, dass es locker, aber bequem war.

„Da bin ich mir nicht so sicher. Sieht immer noch arg locker aus. Ein loses Seil kann euch aus dem Rhythmus und zum Stolpern bringen."

„Und wie geht dieser Rhythmus?", fragte Mandy, amüsiert darüber, wie ernst Stanley das Rennen nahm.

„So kommt man am weitesten", sagte er.

„Ja", mischte sich App ein. „Ihr hüpft zusammen – ungefähr so. Dann macht ihr einen Schritt zusammen mit den äußeren Beinen – genau so."

Alle um sie herum amüsierten sich über Apps Demonstration. Der spindeldürre alte Mann trug gestärkte Jeans und ein weißes Hemd, gekrönt von einem Ausgeh-Strohstetson – er hatte ihr das vorhin erklärt, als sie gesagt hatte, dass sie seinen neuen Hut mochte. Er hatte gestrahlt und ihr gesagt, dass er nicht neu war, sondern einfach nur der, den er sonntags zur Kirche trug. Sein Alltagshut war von einer alten Ziege im Streichelzoo gefressen worden. „Ich musste nach Hause gehen und meinen Kirchenhut holen – dieses Mistvieh! Ich kann schließlich nicht ohne Hut beim Rodeo sein." Mandy lächelte, während sie seine Demonstration genau beobachtete.

„Das kriegen wir hin", sagte sie zu Kurt.

Er nickte ernst und zeigte ihr etwas von seinem neuen Können. „Definitiv. Würde es dir was ausmachen, uns das noch einmal zu zeigen, App? Nur für den Fall, dass wir es beim ersten Mal nicht richtig mitbekommen haben?"

App runzelte die Stirn. „So einfach ist das nicht. Mach dich nur lustig, Kurt Holden, aber ich sage dir, so müsst ihr euch bewegen, um zu gewinnen ...“ Er verstummte, als Erica mit einem Cowboy im Schlepptau auf sie zukam. Sie starrte Mandy und dann Kurt finster an, bevor sie Stanley ein Seil und einen Leinensack abnahm. Er war verstummt, sobald er sie auf sich zukommen gesehen hatte, und hatte ihr die Armladung Säcke und Seile entgegengestreckt, die er verteilte.

Sie setzte sich Mandy gegenüber auf einen Heuballen und warf ihr einen bösen Blick zu. Mandy fand es reichlich lächerlich, dass sie sich immer noch so benahm. Mandy wandte den Blick ab, während Kurt sich darauf konzentrierte, das Seil um ihre Knöchel fester zu binden. „Wenn du das noch fester ziehst, können wir bald unsere Füße nicht mehr spüren“, sagte sie in gedämpftem Ton.

„Tut mir leid, aber ich weiß nicht, wie ich das besser machen kann.“

Sie wusste, dass er die Sache zwischen sich und Erica meinte und nicht das Seil, das die Blutzufuhr zu ihrem Fuß abschnürte. Mandy versuchte, Erica nicht anzusehen, aber sie konnte nicht anders. Erica begegnete ihrem Blick und starrte sie erneut finster an. Mandy versuchte, es zu ignorieren, indem sie sich wieder auf die alten Männer konzentrierte, doch es musste einen Weg geben, das aus der Welt zu schaffen. Sie fing Apps scharfen Blick ein. „Seid ihr zwei bereit?“ Er zog seine buschigen Brauen hoch. „Kein Grund, sich von ein bisschen Unhöflichkeit einschüchtern zu lassen.“

Er redete natürlich laut genug, um Tote aufzuwecken. „App, benimm dich“, zischte Kurt und sah ein bisschen ratlos aus.

„Tue ich doch. So wie ich das sehe, sind wir alle Erwachsene hier und können uns auch so benehmen. “ Er sah Erica streng an und erinnerte Mandy an einen Schullehrer, der ein Kind im Unterricht tadelte.

Erica verschränkte eingeschnappt die Arme und starrte den Cowboy an, der neben ihr saß. Er beobachtete das Minidrama, das vor ihm ablief, mit der Begeisterung eines Mannes, der kurz davor stand, einen gesunden Zahn gezogen zu bekommen.

„Wirst du einfach da sitzen und ihn so über mich reden lassen?“, schnaubte sie.

Der Cowboy sah sie mit einem Hauch von Amüsement in den Augen an. „Hey, du bist diejenige, die Kurt Tee ins Gesicht gekippt hat. Werd erwachsen, Erica." Ohne ein weiteres Wort ließ er das Seil fallen, tippte sich an den Hut und ging. Wut verzerrte Ericas Gesicht, und sie wurde so rot wie eine überreife Tomate. Sie warf den Sack zu Boden und stürmte hinter dem Mann her, der sie gerade vor allen Leuten gedemütigt hatte.

Kurt hatte sich wie ein perfekter Gentleman benommen.

Mandy war beeindruckt. So unangenehm Erikas Verhalten auch gewesen war, er hatte seiner Frustration kaum Ausdruck verliehen. Das war weitaus besser als die Art, wie sie damit umgegangen wäre. Dennoch wusste sie, dass er es richtig gehandhabt hatte. Obwohl er nicht viel über seinen Glauben sprach, sah sie anhand kleiner Beispiele, wie er ihn lebte. Er war nicht darauf aus, andere damit zu beeindrucken. Es war echter Glaube, stiller Glaube, den er durch Charakter, Ehrlichkeit und den Versuch, das Richtige zu tun, lebte.

Sie musste zugeben, dass sie zu Anfang einen sehr

falschen Eindruck von ihm bekommen hatte. Und wie falsch!

Die dreibeinigen Teams wurden geradezu grob, wenn es ums Siegen ging. Mandy lernte bald, dass sie vor dem nächsten Jahrmarkt üben musste, wenn sie sich in der Welt des Dreibeinrennens einen Namen machen wollte.

„Ich kann immer noch nicht glauben, dass wir verloren haben", sagte Kurt lachend, als er und Mandy eine halbe Stunde später zum Kuhfladenweitwurfwettbewerb gingen.

„Naja, das mit dem Rhythmus hat bei uns nicht funktioniert."

„Aber das war nicht alles unsere Schuld. Das andere Paar, das so herumgestolpert ist und uns angerempelt hat, trifft zumindest eine Teilschuld."

„Ja, die waren eher eine Bowlingkugel als dreibeinig."

„Dann waren wir die Kegel."

„Leichte Beute trifft es wohl eher", brummte Kurt. „Ich hätte uns immer noch schneller aufrichten und über die Ziellinie bringen sollen, als wir es getan haben. App und Stanley waren alles andere als beeindruckt von uns." Er lachte so heftig, dass seine Schultern zitterten. Als sie ihn ansah, lächelte sie ebenfalls. Es war ein großartiger Tag geworden.

Sie hakte sich bei ihm unter und fühlte sich ihm näher als sie wollte, doch sie machte sich in diesem Moment keine Sorgen darüber. Wie er zuvor gesagt hatte, musste sie sich entspannen, wenn es um sie beide ging.

„Wir haben es gut gemacht", sagte sie und blieb dann beim Kuhfladenweitwurfwettbewerb stehen. „Whoa, was ist das denn?"

Das Letzte, was sie erwartet hatte, nachdem sie im Dreibeinrennen geschlagen worden waren, war eine ganze Schlange von Frauen, die alle Kuhfladen werfen wollten! Doch da standen sie in einer Reihe, betrachteten den Berg getrockneter Kuhfladen und versuchten herauszufinden, welcher am weitesten fliegen würde. Es war scheinbar ein ernster Wettbewerb.

„Sieht so aus, als hätte ich hier ein bisschen mehr Konkurrenz als nur Lacy." Sie entdeckte Lacy und ging auf sie zu. Als sie sie sah, strahlte sie und winkte ihnen zu.

„Hey, denk nur daran, positiv zu sein. Ein bisschen Motivation und du schaffst das."

Sie verdrehte die Augen. „Du meine Güte, ich habe ein Monster geschaffen."

„Nein, so war ich schon, bevor ich dir begegnet bin."

„Oh, das ist so gut zu wissen."

Er legte einen Arm um ihre Schulter und zog sie an sich. In Mandys Magen stoben die Schmetterlinge auf. Sie war sich nicht sicher, wie lange sie sich noch davon abhalten konnte, sich in Kurt zu verlieben.

Die Ränge waren voll, und das brachte ein strahlendes Lächeln auf die Gesichter der alten Kupplerinnen, als sie an der Begrüßungsstation neben dem Eingang des Arena-Gebäudes arbeiteten. App und Stanley halfen zusammen mit Sam am Stand aus, während Norma Sues Ehemann Roy Don der Ansager war, und Hank, Esther Maes Ehemann, bei der Arbeit an einem der Tore half. Kein Zweifel, sie hatten alle eine gute Zeit. Sie freuten sich, altbekannte Gesichter wiederzusehen. Auch Lacy freute sich, Rückkehrer zu treffen. Sie und Tate fungierten ebenfalls als Begrüßer. Als Mandy sie das letzte Mal gesehen hatte, waren sie beschäftigt gewesen. Aus diesem Grund war Mandy überrascht, als sie Lacy um die Ecke der Scheune kommen sah, wo sie und ihr Pferd sich vor ihrem Barrel Race aufwärmten. Lacy rannte auf sie zu, bis sie vor Murdoch stehen blieb.

„Sieht gut aus, oh Königin des Kuhfladenweitwurfs", gurrte sie, streichelte Murdochs Stirn und grinste Mandy an.

„Danke, oh Gerademal-Zweite." Es hatte großen Spaß gemacht, und sie hatte Lacy um Haaresbreite geschlagen. „Ich fühle mich auch gut. Ich hoffe, dass unser Glück vom Kuhfladenweitwurf anhält."

Lacy lächelte sie an. „Du kannst es schaffen. Du und Murdoch, ihr seid bereit. All deine harte Arbeit wird sich auszahlen."

„Danke, Lacy, wirklich. Was machst du hier draußen? Brauchen sie nicht dein lächelndes Gesicht am Willkommensstand?" Sie sprang vom Pferd, als Lacy abwinkte.

„Nein, ich habe meinem kleinen Mann Tate für ein paar Minuten die Verantwortung übertragen. Alles ist gut." Sie kicherte, dann stemmte sie die Hände in die Hüften und neigte den Kopf. „Ich wollte nur herkommen und dich vor deinem Ritt sehen. Ich wollte dich umarmen und dir sagen, wie stolz ich auf dich bin." Lacy schlang ihre Arme um sie. „Ich liebe dich, Mandy! Ich möchte nur, dass du das weißt. Und ich weiß, was auch immer da draußen passiert, ob du gewinnst oder verlierst, du hast hart trainiert und alles gegeben ... Du wirst glänzen. Ich spüre es in meinem Herzen, Süße."

Mandys Herz zog sich angesichts der Liebe und Unterstützung ihrer Cousine zusammen. „Das bedeutet mir so viel", sagte sie, als sie sich voneinander lösten.

Lacy zog eine Braue hoch. „Naja, und du bedeutest mir viel."

„Lacy, du weißt nicht, was es für mich bedeutet hat, hierher zu kommen. Ich wusste nicht, wohin mit mir vor Wut und Bitterkeit, bis du dich bei mir gemeldet hast. Du hast mir geholfen, mich selbst wiederzufinden."

Lacys strahlend blaue Augen leuchteten vor Wärme, als sie lächelnd in Mandys Augen sah. „Ich liebe dich, und ich weiß, dass in deinem Herzen noch viel los ist. Ich weiß, dass du verletzt bist und dich hintergangen fühlst und da drin alles Mögliche rumschwirrt. Vergiss das einfach alles. Reite nur für dich. Und jetzt konzentrier dich auf deinen Ritt." Lacy packte sie an den Armen und drehte sie zu Murdoch um. „Steig auf dein Pferd und geh dann raus und flieg, Baby, flieg!"

Kurt umklammerte mit weißen Fingerknöcheln die Strebe, als er darauf wartete, dass Mandy und Murdoch für den nächsten Lauf in Position gingen. Auf der Brücke über den Chutes der Arena hatte er den perfekten Aussichtspunkt, um sowohl die Arena selbst als auch die Gasse zu sehen, in der Mandy ihren Lauf beginnen und beenden würde. Er beobachtete eine andere Reiterin, als sie und ihr Pferd das letzte Fass umrundeten und zurück in Richtung Gasse und Ziel stürmten.

Die Zeiten waren heute Abend gut gewesen und doch wusste er, dass Mandy sie schlagen würde. Doch das erforderte ihre Konzentration, und er war sich nicht sicher, ob sie dazu imstande war. Nicht nach dem Vorfall hinter dem Popcornstand am frühen Nachmittag. Er war nervös, als er darauf wartete, dass sie an die Reihe kam. Nervös zu wissen, dass es seine Schuld sein könnte, wenn sie nicht gewann. Er hatte nicht vorgehabt, ihr Probleme zu bereiten.

Roy Don rief ihren Namen über den Lautsprecher auf, und Kurt sah zu, wie Mandy sich in Position brachte. Er ging in die Hocke, damit sie ihn nicht sehen konnte. Er wollte sie nicht ablenken. Dann wurde ihm klar, wie lächerlich das war. Sie würde ihn auf keinen Fall bemerken. So konzentriert, wie sie aussah, schien sie wirklich nur an die Fässer zu denken. Das war gut, denn nur so hatte sie eine Chance.

Murdoch schnaubte. Er war bereit, und sein Körper zitterte vor Aufregung und Energie und wartete darauf, aus dem Tor zu stürzen, sobald sie es ihm erlaubte.

„Beruhige dich", murmelte Kurt, obwohl Mandy ihn nicht hören konnte. „Du schaffst das, Babe. Du schaffst das." Er sprach ein stilles Gebet, und seine Finger schlossen sich erneut um die kalten Stahlstreben.

„Du bist gar nicht nervös, was, Bruderherz?", fragte Jess und ging zu ihm, um sich neben ihn zu stellen. „Wenn du noch fester zupackst, verbiegst du noch die Strebe."

Kurt nickte, würdigte ihn jedoch keines Blickes, denn er wollte den Moment nicht verpassen, in dem Mandy in die Arena flog. „Ich möchte, dass sie gewinnt."

Komm schon, Mädchen, gib alles. Konzentrier dich. Sie ritt mit allem, was sie hatte. Murdoch schien wirklich zu fliegen. Sie hielten die Kurven eng, und Murdoch schoss so dicht wie möglich um das erste Fass. Er war so geduckt, als er die Kurve ritt, dass Mandy auf Höhe des Fasses war. Ihr Knie verfehlte es um Haaresbreite, bevor sie auf das zweite Fass zuflogen.

„Ihr Ritt ist fantastisch", sagte Jess.

Das war er auch, und irgendwo auf der Tribüne hörte er, wie die Zuschauer ihren Namen über den anschwellenden Jubel schrien, als andere bemerkten, dass sie einen außergewöhnlichen Lauf sahen. Er wusste, dass Stanley unter ihnen war und Esther Mae auch. Und andere, die sie irgendwie berührt hatte. Als sie das letzte Fass umrundete, so sauber und eng wie möglich, liefen Schauer über Kurts Rücken. Seine

Finger waren immer noch an den Holm geklammert, sonst wäre er wahrscheinlich über den Chute in die Arena gesprungen. Mann, war er stolz auf sie.

Ihre Miene war konzentriert, als sie und Murdoch sich mit Lichtgeschwindigkeit in Richtung der Zeitnahme bewegten. Erleichterung erfasste ihn in dem Moment, als sie das Ziel überflogen hatte und ihre unglaubliche Zeit auf der Anzeige klickte.

„Sie hat es!", jubelte er und strahlte wie ein Kind mit einem neuen Pony.

Jess lächelte zurück. „Ja, Bruder, sie hat alles richtig gemacht. Willst du jetzt zugeben, dass zwischen euch beiden etwas mehr los ist als nur Freundschaft?"

Mandys Adrenalin floss wie die Niagarafälle, als sie von ihrem Pferd sprang. Sie hatte gewusst, dass sie es gut gemacht hatten, als sie um das letzte Fass herumgekommen waren. Ihr entschlossener Schatz von einem Pferd war mit aller Kraft, die er besaß, losgeprescht und hatte alles gegeben, während er gegen die Zeit gelaufen war.

In dem Moment, als sie aus der Gasse kam und

weg von den anderen Reitern, beugte sie sich vor und umarmte Murdochs Hals. „Das hast du gut gemacht!" Wenn sie nach diesem Lauf verlieren sollten, dann nur, weil jemand anderes einen außergewöhnlich guten Ritt hingelegt und den Sieg verdient hatte. Mehrere andere Reiter gratulierten ihr. Sie schloss ihre Arme um Murdochs Hals und vergrub ihr Gesicht in seiner Mähne. Sie kämpfte darum, ihre Gefühle zu kontrollieren und nicht in Tränen auszubrechen. Sie hatte ihre Zeit noch nicht gehört, doch sie wusste, dass dies der Ritt ihres Lebens gewesen war.

Und das alles dank dieses erstaunlichen Tieres. Sie schwang sich aus dem Sattel und sah dem schönen Pferd in seine dunklen Augen, die sie anfunkelten. Er wusste, dass er es gut gemacht hatte. „Danke, dass du mich nicht aufgegeben hast", flüsterte sie und lehnte ihre Stirn an seine.

„Hey, Cowgirl, guter Ritt."

Der Klang von Kurts Stimme jagte einen Schauer durch Mandy hindurch, und sie wirbelte herum und sah, dass er sie anlächelte. Ihr Hals wurde trocken. „Danke! Hast du ihn gesehen? War er nicht großartig?" Sie strahlte von innen. „Ich bin so stolz auf

Murdoch, dass ich platzen könnte. Was für ein Champion. Murdoch ist ein Star", plapperte sie, konnte jedoch nicht anders, da das Adrenalin in ihr tobte.

Kurt lachte, kam auf sie zu und überraschte sie, als er sie in seine Arme zog und herumschwang. „Du hast es auch gut gemacht", sagte er, ihre Münder nur Zentimeter voneinander entfernt, als er in ihre Augen sah. „Aber ich wusste, dass du es schaffen würdest. Ich hatte volles Vertrauen in dich."

Atemlos, ihre Arme um seinen Hals, versuchte sie, sich auf das zu konzentrieren, was er sagte, und nicht darauf, wie schön es war, in seinen Armen zu sein, oder dass er sie immer noch hielt. Plötzlich wünschte sie sich, er würde sie küssen. Dann traf es sie wie ein Schlag, er glaubte an sie! Er hatte Vertrauen in sie. Der Gedanke war berauschend. Sie erinnerte sich an ihr erstes Treffen und wie er gesagt hatte, dass sie wirklich reiten konnte. Es fühlte sich gut an, dass er sich ihrer so sicher war.

„Danke, Kurt", brachte sie heraus und wusste, dass sie sich aus seinen Armen lösen sollte, konnte aber ihre Füße nicht bewegen. Alles um sie herum schien in den Hintergrund zu treten. Sie standen nur da und sahen einander lächelnd an.

Der Lautsprecher knisterte. „Es ist offiziell. Mandy Brown hat die höchste Punktzahl im Barrel Racing der Frauen!"

Die Worte hallten durch das Gebäude. Mandys Herz machte einen Sprung. „Ja!", jubelte sie und konnte nicht glauben, dass sie ihr erstes Rodeo seit Jahren gewonnen hatte. Sie hatte darauf gehofft, davon geträumt – und hart dafür gearbeitet. Ihre Aufregung war so groß, dass sie ohne zu denken reagierte – okay, vielleicht war da der eine oder andere Gedanke. Sie schlang die Arme um Kurt, und anstatt sich zu wünschen, er würde sie küssen, packte sie den Stier bei den Hörnern und küsste ihn.

Kurt küsste Mandy. Er hatte sie schon küssen wollen, als er sie umarmt hatte, doch er hatte sich beherrscht. Er hatte allerdings darüber nachgedacht und sich dann gezwungen, es nicht zu tun.

Als sie ihre Arme um ihn geworfen und ihn geküsst hatte, hatte er automatisch auf das Gefühl ihrer Lippen auf seinen reagiert. Ihre Arme hielten ihn fest, und ihre Herzen schlugen zusammen. Zärtlichkeit stieg in ihm auf, und er fühlte sich, als hätte er etwas wiedergefunden, das er verloren hatte. Er war die ganze Zeit angespannt gewesen, als sie geritten war, und Jess hatte Recht gehabt, als er sagte, dass viel mehr zwischen ihnen war. Er hatte nicht bemerkt, wie sehr er für sie gefiebert hatte.

Wie wichtig es ihm war, dass sie immer noch das Zeug dazu hatte, ihren Traum zu verwirklichen.

Er wusste, dass sie ihn nur aus Aufregung und Freude küsste. Ein kurzer Kuss auf die Lippen und ein Hurra, dass sie gewonnen hatte. Doch in dem Moment, als ihre Lippen seine trafen, zog Kurt sie an sich und küsste sie mit Gefühl.

Sie hörten das Ooh und Ahh im selben Moment.

„War aber auch Zeit", bemerkte Esther Mae, als sie sich voneinander lösten und die alten Kupplerinnen über das ganze Gesicht grinsen sahen. Neben ihnen standen App, Stanley, Sam und Lacy. Sie sahen aus, als würden sie das Ende eines romantischen Frauenfilms ansehen.

Und er und Mandy waren die Stars!

KAPITEL SECHZEHN

„Ich denke, es ist ein Segen", sagte Adela und lächelte Mandy sanft an. Sie stand mit Esther Mae und Norma Sue am Eingang von Murdochs Box.

„Dein erstes Rodeo seit Ewigkeiten und du gewinnst!", schwärmte Esther Mae, und ihre grünen Augen blitzten vor Aufregung. „*Und* du bekommst den Cowboy!" Mandy fühlte sich mulmig vor Aufregung. Sie hatte es wirklich geschafft. „Und bei unserem ersten Rodeo hier in Mule Hollow. Ich würde das einen Erfolg nennen." Norma Sue klatschte mit der Hand auf Mandys Rücken.

Nachdem sie beim Küssen erwischt worden waren, hatte er sich schnell von ihr gelöst – höflich, und hatte sogar einen Scherz gemacht – und war dann verschwunden. Sie hatte dasselbe getan, indem sie Murdoch als Ausrede benutzt hatte, um sich in dessen Box zurückzuziehen.

Sie hatte ihn gerade gestriegelt, als alle aufgetaucht waren und sich vor der Box aufgebaut hatten.

Es gab keinen Fluchtweg. Kein Entrinnen. Sie steckte fest, während sie über sie diskutierten, als wäre sie Teil des Gesprächs. Das war sie jedoch nicht; sie hatte kein Wort gesagt.

„Hört mal", sagte sie und hielt inne. „Ich hoffe, ihr setzt eure Hoffnungen nicht zu hoch. Kurt und ich sind nur Freunde."

Drei Augenpaare sahen sie an, als wäre sie verrückt.

„Freunde?", schnaubte Norma Sue und schob ihren weißen Cowboyhut auf ihrem Kopf zurück. Ihr wildes graues Haar umgab ihren Kopf wie ein Heiligenschein, als sie sie skeptisch ansah. „Das war kein freundschaftlicher Kuss."

„Du kannst es ruhig zugeben", drängte Esther Mae. „Liebe ist eine wunderbare Sache. Ihr seid ein so süßes Paar. Meine Güte, ihr habt mir den Atem geraubt. Es war einfach wunderschön."

Adela legte eine sanfte Hand auf Esther Maes Arm. „Es ist okay, Esther Mae. Vielleicht braucht Mandy ein bisschen Zeit, um sich an den Gedanken zu gewöhnen."

Esther Maes Augen blitzten auf. „Oh ja! Richtig. Vielleicht hat es sich einfach an dich angeschlichen. Hat dich überrascht, von den Füßen gerissen. Ich meine, du hast gerade gewonnen und alles. Liebe erblüht gern inmitten aufregender Momente."

Mandy war sich im Moment bei nichts so sicher. Sie wollte nicht wirklich darüber nachdenken und stand da, all diese Augen und Hoffnungen und Wünsche, die auf sie gerichtet waren. Sie wollte gehen und versuchen, all das irgendwie zu verstehen. Sie war überwältigt. Daran bestand kein Zweifel.

Aber sie war nicht verliebt.

„Ja, ich habe gerade mein erstes Rodeo gewonnen. Ich habe vor, noch viel mehr zu gewinnen. Und diesmal wird mir nichts mehr im Weg stehen."

Kurt stand hinten im Gebäude. Er konnte Roy Dons

Stimme hören, die das nächste Ereignis ankündigte. Er hatte keine Gesellschaft erwartet, als sein Bruder um die Ecke kam. „Du hast es gesehen, oder?"

Jess runzelte die Stirn. „Wer auch nicht? Ihr zwei wart fast für die gesamte Arena zu sehen. Oder zumindest für diejenigen, die hinter den Kulissen arbeiten."

„Oh ja", sagte Colt und steckte seinen Kopf um die Ecke. „Ich habe es von den Bullenpferchen aus gesehen."

„Wann bist du angekommen?", fragte Kurt. Colt sah erschöpft aus. Seine Augen waren müde, und er wusste, dass er eine lange Strecke gefahren war, um es rechtzeitig für das Rodeo hierher zu schaffen. Das Rodeoleben war nicht leicht. Wenn man es auf nationaler Ebene zu großem Geld und Ruhm bringen wollte, war die Belastung des Herumreisens selbst für die Besten anstrengend.

Er steckte seine Hände in seine Taschen und blickte zu Boden, bevor er Kurt ansah. „Ich bin gerade angekommen. Ich habe mir gerade meinen Bullen angesehen, als ich Mandys Namen aus den Lautsprechern gehört habe. Da habe ich in den Gang geblickt und gesehen, wie ihr zwei euren kleinen Moment hattet. Großer Bruder, wenn du nicht willst, dass dein Liebesleben Tagesgespräch ist, würde ich sagen, dass du dich ein bisschen zusammennehmen solltest, wenn ihr in der Öffentlichkeit seid.“

„War ja nicht Absicht. Es ist einfach passiert. Und übrigens war ich nicht derjenige, der es initiiert hat. Das war Mandy, und ich bin mir sicher, das ist aus dem Siegestaumel heraus passiert. Glaub mir, ich weiß das.“

Jess pfiff leise. „Ich weiß ja nicht, was du gesehen haben willst, doch das, was ich vor ein paar Minuten gesehen habe, war ziemlich klar: das Mädchen war genauso an diesem Kuss interessiert wie du. Siegestaumel hin oder her.“

„Den Eindruck hatte ich auch“, sagte Colt mit einem müden Lächeln.

Kurt wusste, dass ihr Necken nicht böse gemeint war, doch ihm war gerade einfach nicht danach zumute. Seine Gedanken waren bei Mandy. Was dachte sie gerade? Sie hatte ihn vor Aufregung geküsst. Er wusste es. Ja, da war dieses *Ding* zwischen ihnen, gegen das sie sich mit Händen und Füßen zu wehren schien. Und er verstand warum. Sie hatte ihre Träume lange genug auf Eis gelegt. Er hatte ihr Gesicht gesehen, als sie geritten war. Er hatte ihre Hingabe jetzt seit Wochen beobachtet. Sie würde nie wieder irgendetwas ihren Träumen in die Quere kommen lassen. Und dieser Sieg ... hatte ihre Entschlossenheit nur bestärkt. Nein, sie musste ihm nicht sagen, dass sie nicht daran interessiert war, sich zu verlieben, wenn das bedeutete, dass sie nicht ihre ganze Zeit darauf verwenden konnte, ihren Traum zu erfüllen. „Es spielt keine Rolle, was ihr gesehen habt. Was zählt, ist, dass Mandy heute Abend gewonnen hat. Und das ist erst der Anfang der Reise. Sie ist im Begriff, genau wie du im Rodeozirkel loszulegen, Colt.“

„Wenn man es nur genug will, kann man alles schaffen.“ Jess musterte ihn mit entschlossenem Blick.

„Ja“, stimmte Colt zu. „Ich sehe Leute, die ihre Beziehungen auch unterwegs am Leben halten. Sicher, es ist schwer, aber sie sagen, wo Liebe ist, ist auch ein Weg.“

„Na bitte. Das fasst es ziemlich gut zusammen. Mandy Brown lässt nicht zu, dass ihr so etwas wie

Liebe in die Quere kommt. Denn nur, weil sie ihren Vater geliebt hat, hat sie Murdoch auf die Weide geschickt und einen Abschluss in Buchhaltung gemacht."

„Buchhaltung? Mandy?", fragte Colt, während Jess leise pfiff. „Das ist das Verrückteste, was ich je gehört habe. Sie ist so gar keine Buchhalterin."

„Passt nicht wirklich zu ihr, nicht wahr?"

„Also, nein. Nichts gegen Buchhaltung – aber Mandy sieht aus wie jemand, der einen Beruf braucht, bei dem man viel draußen ist. Buchhaltung ist ein Bürojob. Das passt einfach nicht zu ihr."

„Nein, es passt nicht. Mandy ist ein Outdoor-Mädchen. Sie braucht frische Luft und gehört auf den Rücken von Murdoch. Genau wie du auf den Rücken eines Bullen gehörst, Colt."

Colt kniff die Augen zusammen und rieb sich den Stoppelbart an seinem Kinn. „Wenn du damit Recht hast, dann könntest du in Schwierigkeiten geraten, Kurt."

Kurt starrte durch die Dunkelheit dorthin, wo das Riesenrad die Nacht erhellte. „Das weiß ich."

„Du hast diese Kupplerinnenbande nicht wirklich

glücklich gemacht", sagte Lacy, als Mandy auf die Tribüne ging, um das Bullenreiten zu verfolgen. Es war spät, aber die Ränge waren immer noch voll. Das Bullenreiten war die Hauptattraktion. Sie hatte Kurt seit ihrem Kuss nicht mehr gesehen und fragte sich, wohin er gegangen war. Im Magen wurde ihr ein bisschen mulmig, wenn sie an die ganze Sache dachte.

„Ich weiß nicht, was ich sagen soll, Lacy." Tate schlief in seiner Tragschale und sah trotz des Aufruhrs um ihn herum friedlich aus. Sie beobachtete ihn, anstatt Lacy anzusehen.

„Es tut mir leid, dass all das dich daran hindert, heute Abend deinen Sieg zu feiern."

Nicht gerade das, was sie von Lacy zu hören geglaubt hatte. „Es ist alles okay. Ich freue mich über den Sieg. Ich bin nur verwirrt über alles andere. Bitte sag es aber niemandem."

„Versprochen. Es tut mir wirklich leid. Ich möchte, dass du glücklich bist, Mandy. Ich bin so glücklich mit Clint und Tate, dass ich manchmal anfange, zu missionieren." Sie lächelte. „Aber du kennst mich ja."

Mandy lachte. „Wenn du nicht mit beiden Beinen

voraus in etwas springen würdest, würden wir alle denken, dass etwas mit dir nicht stimmt. Ich weiß, dass dein Herz am richtigen Fleck ist. Und das weiß ich auch über unsere lieben alten Damen."

In der Arena war viel los, als die Bullenkämpfer ihre Positionen einnahmen. Ein Rodeoclown – nicht zu verwechseln mit den Bullenkämpfern – kam heraus und fing an, albern durch die Arena zu tollen, Tricks vorzuführen und mit der Menge zu reden. Er hatte schon den ganzen Abend die Menge unterhalten, doch er machte noch einen letzten Auftritt, bevor die Bullenkämpfer übernahmen.

„Du würdest wahrscheinlich eine großartige Bullenkämpferin abgeben, wenn du das wolltest", sagte sie und sah Lacy an. „Du bist gut darin, Menschen zu retten. Ich meine, das hast du mit mir gemacht."

Lacy fuhr sich mit der Hand durch die zerzausten blonden Haare. „Ich weiß nicht. Ich weiß, dass ich manchmal Leute in Schwierigkeiten bringe. Ich hoffe aber, dass ich ihnen trotzdem helfe. Du wärst mit mir oder ohne mich klargekommen. Das weißt du doch, oder?"

„Ich denke, ich finde meinen Weg."

Das Bullenreiten hatte begonnen, und der erste Bulle stürzte aus dem Tor mit einer wilden Wendung, die den Reiter sofort zu Boden schleuderte. Die Bullenkämpfer eilten in die Arena. Einer von ihnen schob sich zwischen den gestürzten und den Stier und lenkte die Aufmerksamkeit des Tiers auf sich, während der andere Kämpfer über den Zaun kletterte und dem Cowboy beim Aufstehen half und ihn in Sicherheit brachte. Der Job eines Bullenkämpfers war einer der gefährlichsten Jobs überhaupt beim Rodeo. Diese Jungs waren heute Abend gut, und Mandy hoffte, dass nichts Schlimmes passieren würde. Sie machte sich immer während des Bullenreitens Sorgen und fürchtete das Schlimmste. Sie war erleichtert, dass der Reiter glimpflich davongekommen war und hoffte, dass es eine gute Nacht werden würde.

Lacy hatte aufgehört zu reden, um ebenfalls gebannt zuzusehen.

Nachdem die Gefahr vorbei war, sah sie Mandy an und fragte: „Hat das mit dem Finden deines Weges was mit Kurt zu tun?"

Sie konnte es nicht leugnen. Sie wusste, dass es

ihr irgendwie geholfen hatte, Zeit mit ihm zu verbringen. „Ja, das hat es. Ihn kennenzulernen hat mir geholfen. Der Mann hat schwere Zeiten durchgemacht. Und doch ist er größtenteils positiv."

„Den Eindruck habe ich auch. Ich weiß nicht alles, was er durchgemacht hat, aber wie Clint dir neulich gesagt hat, weiß ich, dass er seit seiner Jugend arbeitet und spart. Und ich weiß, dass sein Vater Alkoholiker war."

„Ich bewundere ihn. Er hat mir geholfen, über verschiedene Dinge nachzudenken. Zum Beispiel, mich nicht von der Wut auf meinen Vater auffressen lassen. Und als ich wirklich ganz unten war, war er da, um mir wieder aufzuhelfen und mir zu sagen, dass ich es mir nicht zu sehr zu Herzen nehmen sollte." Sie dachte an all die Zeiten, in denen er ihr geholfen hatte, sich auf ihre Ziele zu konzentrieren. Sie lächelte und dachte an ihn. „Er klingt wie ein guter Mann." Lacy beobachtete sie genau.

„Das ist er", gab Mandy leise zu.

„Und was ist mit diesem Kuss?", fragte Lacy und unterdrückte ein Grinsen. Ihre Brauen hoben sich erwartungsvoll.

Mandy lachte und erinnerte sich. „Du konntest es dir einfach nicht verkneifen, oder?"

„Nein, konnte ich nicht. Es war zu gut. Du hättest den Ausdruck auf deinem Gesicht sehen sollen, als du ihm die Arme um den Hals geworfen hast."

„Ich war aufgeregt, Lacy. Ich habe gerade mein erstes Rodeo gewonnen", sagte sie defensiv. „Er war da, und ich habe ihn vor Begeisterung geküsst."

Lacy lächelte. „Was auch immer du sagst, es ist deine Sache. Aber irgendetwas sagt mir, dass du nicht irgendjemandem deine Arme um den Hals geworfen und ihn geküsst hättest, wie du es bei Kurt getan hast."

„Da hast du wohl Recht", sagte Mandy mit einem verlegenen Lächeln. Daran führte kein Weg vorbei. „Lacy, um die Wahrheit zu sagen, ich weiß nicht, was los ist. Ich denke die ganze Zeit an ihn. Aber ich bin nicht hergekommen, um mich mit jemandem einzulassen. Und ich möchte nichts anfangen. Aber das hält mich nicht davon ab, an ihn zu denken, wenn er in der Nähe ist – oder auch, wenn er es nicht ist. Dieser Mann löst einfach etwas in mir aus, und ich scheine nicht in der Lage zu sein, es zu stoppen. Und ich weiß einfach nicht, was in aller Welt ich dagegen tun soll."

Lacy strahlte sie an. „Entspann dich, Süße. Du bist verliebt."

Mandy schüttelte heftig den Kopf. „Nein, bin ich nicht."

„Du kannst es so viel leugnen, wie du willst, aber ich sage dir, es ist so."

„Dann entliebe ich mich auf der Stelle wieder. Ich habe Pläne. Ich habe so viel vor – Barrelraces, die ich gewinnen muss, und Punkte, die ich sammeln muss, um das Finale zu erreichen. Ich habe keine Zeit, mich zu verlieben."

Sie war nicht verliebt.

Das war sie nicht. Auf keinen Fall. So was von nicht.

Gerade, als sie mitten in einer inneren Auseinandersetzung war, sah sie Kurt auf den Metallsteg gehen, der die Chutes verband und von denen die Bullenreiter hinunterkletterten und sich auf den Rücken ihrer Bullen niederließen. Kurt ging neben einem Bullenreiter her. Der Mann war nicht so groß wie Kurt, aber er hatte den gleichen selbstbewussten Gang wie er. Obwohl sie sein Gesicht wegen der schützenden Gesichtsmaske, die er trug, nicht sehen konnte, wusste sie ohne Zweifel, dass das sein jüngerer Bruder Colt sein musste.

„Ist das Colt, mit dem Kurt gerade herausgekommen ist?"

„Ja, das ist er. Du hast ihn nicht getroffen, oder?"

„Nein." Bis jetzt hatte sie Colt noch nicht kennengelernt. Kurt sprach mit dem Cowboy, legte seine Hand auf seinen Rücken und senkte kurz den Kopf. Sie sahen aus, als würden sie ein Gebet sprechen. Als es fertig war, kletterte Colt über die Seite des Chutes. Er warf Kurt einen Blick zu, dann ließ er sich auf den Rücken des unruhigen Bullen sinken. Kurt und Clint hielten Colts Schutzweste – die Weste, die seine Brust vor den Hörnern des Stiers schützen würde, und Clint und Kurt waren da, um dem Reiter zu helfen, aus dem Chute herauszukommen, falls der Stier in dem engen Pferch wild wurde. Der Reiter konnte sich leicht verletzten, wenn er zwischen dem Stier und den Toren eingeklemmt wurde. Mandy hielt den Atem an.

„Das macht mich immer nervös", sagte sie.

„Mich auch", stimmte Lacy zu und trommelte mit den Fingern auf die Metallbank. „Ich möchte nicht, dass jemand verletzt wird. Aber soweit ich weiß, ist

Colt wirklich gut."

Das Tor flog auf, und der Stier schoss aus dem Chute, drehte sich, buckelte und trat um sich. Doch Colt hielt durch! Es war ein wilder Ritt. Doch Colt hielt sich auf dem Rücken des Tiers. Nach einem großartigen Acht-Sekunden-Ritt hielt er sich immer noch. „Wow, das war großartig." Mandy bewunderte seinen Stil und lächelte, als er vom Rücken des Bullen sprang, der Menge winkte, dem wütenden Tier auswich und zum Zaun joggte, um darüberzuklettern, als hätte er einen Sonntagnachmittagsspaziergang hinter sich. Lacy lachte. „Er ist ein bisschen übermütig, findest du nicht?"

„Nur ein bisschen. Aber ich denke, wenn man so gut ist, darf man das auch", sagte Mandy und dachte über all die Zeit nach, die er investiert hatte, um sich für die nationalen Wettkämpfe zu qualifizieren. Es war etwas, das sie und Murdoch noch vor sich hatten.

„Fans lieben es, wenn die Reiter ein bisschen Persönlichkeit zeigen", sagte Lacy.

Kurt erwartete Colt, als er über den Zaun kam, gab ihm ein High-Five und klopfte ihm auf den Rücken. Er lächelte strahlend. Als sie ihn ansah, begann ihr Herz lauter zu donnern, als wäre sie diejenige gewesen, die den Stier geritten hatte. Kurt Holden war eine Gefahr für ihren Traum. Der Gedanke ließ einen Schauer über ihren Rücken rasen. Sie wollte nicht verliebt sein. Sie wollte sich keine Sorgen machen müssen, ob sie einem Mann vertrauen konnte.

Nein, sie musste sich konzentrieren. Und konzentriert bleiben, wenn sie die Chance haben wollte, ihren Traum wahrzumachen.

„Lacy", sagte sie. „Ich werde es versuchen."

Ernsthafte blaue Augen begegneten ihrem Blick. „War aber auch Zeit."

Sie hörte Kurts Worte in ihrem Kopf und nickte. „Ja, ich denke schon. Ich muss das tun. Und ich möchte nicht einen weiteren Tag verschwenden."

„Du weißt, dass du mit Tate aushelfen kannst, solange du willst."

„Ich weiß, und ich liebe es. Aber ich denke, ich werde nebenbei noch was anderes brauchen, um meinen Lebensunterhalt zu verdienen. Wenn ich nicht anfange, Geld zu gewinnen, kann ich nicht lange durchhalten."

„Da muss ich an das alte Sprichwort *wo ein Wille*

ist, ist auch ein Weg denken.“

Mandy seufzte. „Um das Finale des NFR zu erreichen, brauche ich ein Wunder. Das sind Tausende von Meilen, die ich dafür kreuz und quer durchs Land reisen muss. Das kostet Geld. Ich bin entschlossen, es zu tun, doch es wird schwieriger für mich als die meisten anderen, weil ich es alleine machen werde. “

Lacy neigte den Kopf und durchbohrte Mandy mit ihrem Blick. „Lass uns einfach glauben, dass du dein Wunder bekommen wirst.“

Mandy lächelte, hoffte jedoch, dass sie sich nicht mehr vorgenommen hatte, als sie bewältigen konnte. Sie seufzte, als ihr Blick auf Kurt fiel, der auf den Zaun gestützt mit einer Gruppe Cowboys sprach und den nächsten Bullenritt beobachtete. Ihr Herz zog sich in ihrer Brust zusammen. Sie wusste, dass er ihr sagen würde, dass sie das schaffen konnte, und noch mehr wusste sie, dass er ihr sagen würde, dass sie es versuchen sollte.

KAPITEL SIEBZEHN

Mandy konnte nicht schlafen. Gegen fünf Uhr stand sie endlich auf, nachdem sie stundenlang an die Decke gestarrt hatte. Sie duschte, zog sich an und lief mit ihren Stiefeln in der Hand leise durch das Haus. Draußen setzte sie sich auf die Verandastufen und zog ihre Stiefel an. Die Sonne ging gerade auf, und sie wollte reiten, bevor alle anderen aktiv wurden.

Sie brauchte Abstand von allem. Zeit nachzudenken und ganz allein zu sein.

Sie ging zum Stall und ließ sich von der Ruhe des frühen Morgens einhüllen. Die Luft roch nach frischem Heu. Ihre Gedanken kreisten. Sie brauchte Frieden in ihrem Herzen und in ihrem Kopf, und den fand sie einfach nicht. Selbst der Sieg beim Rodeo hatte nicht geholfen. Die Zufriedenheit, die sie sich vom Sieg erhofft hatte, stellte sich nicht ein. Ja, sie war aufgeregt gewesen – das hatte sie deutlich gezeigt, als sie Kurt um den Hals gefallen war – aber Frieden? Nein, der Sieg hatte nur mehr Verwirrung gebracht.

Als sie mit Lacy darüber gesprochen hatte, an weiteren Rodeos teilzunehmen, hatte sie gehofft, dass sie eine Art Befriedigung empfinden würde, doch das tat sie nicht. Das einzige, was sie spürte, war ein schweres Herz. Ihr ganzes Leben lang hatte sie ein Cowgirl sein wollen, und jetzt hatte sie ihre Chance. Warum konnte sie nicht glücklich sein?

Auf der anderen Seite der Weide konnte sie den Schatten der Jahrmarktanhänger und -stände sehen. Doch abgesehen vom leisen Bellen eines Hundes in der Ferne war alles still. Es war anders als letzte Nacht oder wie es später sein würde. Eines war sicher, die erste Nacht des Rodeos war ein großer Erfolg gewesen.

Sie ging auf die Arena zu, als sie hörte, wie Samantha einen einsamen Schrei ausstieß, als hätte der kleine Esel gehört, dass sie sich näherte, und um Gesellschaft bettelte. Anstatt in die Arena zu gehen, in der sich Murdochs Box befand, ging sie über den Kies zur Scheune. Der Geruch von frischem Heu hing in der Luft, als sie eintrat. Sofort klagte Samantha wieder.

„Immer langsam", sagte Mandy und ging zum hinteren Teil der Ställe. Die Deckenlampen spendeten genug Licht, dass Mandy sehen konnte, dass der kleine Esel sehr beschäftigt war. Samantha hatte die Holzstange, mit der sie das Tor besser gesichert hatten, bereits halb aus dem Schlitz geschoben. Der Esel blinzelte Mandy mit großen braunen Augen an, kräuselte die prallen Lippen und grinste.

Mandy schmunzelte. „Bist wohl stolz auf dich?", fragte sie kichernd. „Wenn ich später hier rausgekommen wäre, wärst du frei gewesen, und wo wären wir dann?"

„Nach allem, was ich über sie gehört habe, hätte sie wahrscheinlich das ganze Vieh rausgelassen und ihren Spaß dabei gehabt", sagte Kurt hinter ihr.

Mandy wirbelte herum. „Was machst du denn hier?"

Er zuckte mit den Schultern. „Konnte nicht schlafen. Und ich habe mir ein bisschen Sorgen gemacht, dass Samantha ausbrechen und Probleme verursachen könnte. Also habe ich beschlossen, herzukommen und nachzusehen, dass alles sicher ist."

Mandy vergrub die Hände in ihren Hosentaschen.

„Dieser Esel muss wirklich gut sein, wenn sich alle solche Sorgen machen."

„Ich hatte Schreckensvisionen, in denen ich hier vorgefahren bin und mein Vieh frei herumgelaufen ist, während alle anderen noch geschlafen haben."

Mandy verzog das Gesicht. „Das wäre nicht gut." Sie war so froh, ihn zu sehen, und musste sich beherrschen, ihn nicht zu umarmen ... aber das sollte sie nicht tun. Sie wollte sich nicht auf irgendetwas einlassen. *Das hast du schon.*

Sie wusste, dass sie kurz davor war, sich in den Cowboy zu verlieben, wenn sie nicht aufpasste. Das bedeutete, dass sie sich ihm nicht an den Hals werfen durfte.

Stattdessen warf sie einen Blick auf den Esel, dessen Kopf immer noch durch die Gitterstäbe des Tors ragte. Samantha blinzelte, kräuselte die Lippen und zeigte wieder ihr breites Grinsen. „Ist das ein Esel oder ein Mensch? Sie grinst, als wüsste sie, was ich denke."

Kurt lachte und stellte sich neben sie. „Vielleicht

weiß sie es ja wirklich. Esel sind scharfsinnige Tiere."

Kurt stand dicht neben ihr, und sein Arm berührte fast ihren. Es war wie Folter. Warum musste er genau dort stehen? Wusste er nicht, dass es ihr schwerfiel, sich zu beherrschen? Wahrscheinlich nicht.

„Ich würde sagen, dass sie wahrscheinlich gedacht hat, dass dir viel im Kopf herumgeht", sagte er leise, während er die Hand ausstreckte und Samanthas Nase streichelte. Der kleine Esel schloss die Augen und atmete tief aus. Es hörte sich an wie ein Seufzer.

Mandy war fast eifersüchtig.

„Woher sollte sie das wissen?", fragte sie, da sie genau gehört hatte, was er gesagt hatte.

„Sie weiß es, weil du so früh in die Scheune gekommen bist. Sie weiß auch, dass du über all die Dinge nachdenkst, die du tun musst, um dich auf die Qualifikationen vorzubereiten."

Dieser Mann wusste genau, was sie dachte. „Du hältst dich für ziemlich schlau, oder?", fragte sie und warf einen Blick in seine Richtung.

„Ich? Nein, ich sage nur, was Samantha denkt. Doch wenn ich derjenige wäre, der scharfsinnig wäre, würde ich sagen, dass dir auch ein gewisser Cowboy im Kopf herumschwirrt. Und du hast dich wahrscheinlich die ganze Nacht gescholten, weil du ihn gestern Abend geküsst hast." Ihr Herz raste wie ein Kaninchen, das um sein Leben rannte. In gewisser Weise fühlte sich Mandy auch so. Als sie Kurt ansah, sah sie, wie leicht sie auf ihre Träume verzichten und sich mit einem Leben hier mit ihm zufriedengeben konnte. Zufrieden wie Lacy mit ihrem Zuhause und ihrer Familie. Sie könnte Kurt lieben.

„Du hast eine ziemlich hohe Meinung von dir, oder?", neckte sie, doch es fiel ihr nicht leicht.

Er lehnte sich gegen das Tor und sah sie an. „Du weißt, dass Samantha und ich in allen Punkten Recht haben."

Sie lachte. „Und wie bist du dir so sicher?"

„Erstens, es ist fünf Uhr morgens. Das ist schrecklich früh, um draußen zu sein. Ich würde sagen, das bedeutet Schlaflosigkeit."

„Was ist mit dem Kuss?"

„Ahh, der Kuss", sagte er und schenkte ihr ein langsames Lächeln. „Das war eigentlich Wunschdenken meinerseits." Er hob eine Hand, um eine Haarsträhne zu berühren, die über ihrer Schulter hing. Er wickelte sie langsam um seinen Finger und starrte sie an, bevor er seine schönen braunen Augen zu ihren hob. „Ich habe über diesen Kuss nachgedacht, seit er passiert ist. Ich habe versucht, mich den ganzen Abend davon abzulenken, doch es hat nicht funktioniert. Du und dieser Kuss – er ist mir die ganze Zeit nicht aus dem Kopf gegangen. Und dann konnte ich nicht schlafen. Ich denke, ein winziger Teil von mir hat gehofft, dass du mich nicht nur wegen deines Sieges geküsst hast."

Sie war erledigt!

Aber sowas von.

Der Seufzer entfleuchte ihren Lippen, trotz aller Bemühungen, ihn hinunterzuschlucken.

Dieser Mann war einfach unwiderstehlich. Sie trat einen Schritt auf ihn zu. Er öffnete seine Arme, und im nächsten Moment waren seine Arme um sie, und sie küssten einander. Seine Lippen fühlten sich fest und doch zärtlich an. Er hob den Kopf ein Stück und blickte in ihre verblüfften und verwirrten Augen, bevor er seine Lippen wieder auf ihre senkte. Es war, als hätte sie ihr ganzes Leben auf diesen Moment gewartet. Darauf, dass seine Lippen ihre berührten und das Herz dieses Mannes sich mit ihrem verband.

Er unterbrach den Kuss und lehnte seine Stirn an ihre. In diesem Moment trat alles andere in den Hintergrund. Ihr Kopf war still. Ihr Herz war ruhig.

Mandy hätte für immer so stehenbleiben können.

„Ich kann dich nicht aus dem Kopf bekommen, Mandy. Es tut mir leid", seufzte er. „Ich weiß, ich habe versucht, es einfach zu halten. Aber es ist kompliziert."

„Wem sagst du das?", bemerkte sie und nickte mit ihrem Kopf an seinem. Seine Arme schlangen sich fester um sie und irgendwann wanderten ihre um seinen Nacken.

Er sah ungefähr so ernst aus wie ein Mann im Angesicht einer Klapperschlange. „Mandy, ich bin hergekommen, um dich zu bitten, mit mir abendessen zu gehen. Es ist Zeit, dass wir zusammen ausgehen. Ja, ich weiß, dass es Gerüchte geben wird – aber nachdem alle über den Kuss gestern tratschen, weiß sowieso jeder, dass zwischen uns beiden etwas los ist."

„Ja, ich denke du hast Recht."

„Ich weiß. Du kannst einfach – Moment, du hast gesagt, ich habe Recht? Heißt das, du sagst ja zum Abendessen?"

Ein Lächeln, das sie nicht unterdrücken konnte, umspielte ihre Lippen. Es war bezaubernd. Er war nervös. „Ich meine ja zu beiden Punkten. Ein Abendessen wäre wunderbar. Und längst überfällig."

„Hast du das gehört, Samantha? Du bist mein Zeuge ", sagte Kurt und sah den kleinen Esel an, der seine Knollennase an Kurts Hüfte drückte und schnaubte.

Mandy und Kurt lachten, und als wüsste sie, dass sie etwas Gutes getan hatte, schnaubte Samantha erneut, zog ihren Kopf zwischen den Streben hervor und iahte.

„Das kannst du laut sagen, Samantha. Wir hätten schon vor langer Zeit zu dir kommen sollen, damit du uns auf die Sprünge hilfst." Kurt nickte Mandy zu und zog sie wieder an sich.

„Jupp. Vielleicht werden wir uns endlich einig."

Samantha stolzierte in ihrem Stall herum, den Kopf hoch erhoben. Sie sah aus, als würde sie gleich tanzen, als sie ihnen zublinzelte.

„Das ist ein lustiger Esel", kicherte Mandy.

Kurt sah sie an und zog eine Braue hoch. „Sie ist ein kluges kleines Ding."

„Ich frage mich", seufzte Mandy und lehnte ihren Kopf an Kurts Schulter. „Was sie mir in Bezug auf etwas anderes, das ich in meinem Leben vorhabe, raten würde?"

„Ich weiß nicht, Darling, aber ich verspreche dir, dass wir zusammen alles in den Griff bekommen werden, was dich belastet." Er küsste sie auf die Stirn und streichelte ihre Schulter. „Ich verspreche, ich werde dir helfen."

Mandy atmete langsam ein. In seinen Armen zu sein war eine Mischung aus freudiger Erregung und Trost für sie. Vorfreude auf den Schritt, den sie unternahmen. Und Sorge darüber, was dieser Schritt mit sich bringen könnte.

Ja, auch Sorge und Freude, doch in erster Linie war es Trost und Frieden.

Und die sanfte Berührung der Hand eines ganz besonderen Mannes.

KAPITEL ACHTZEHN

„Ju–huu! Mandy." Esther Mae winkte von ihrem Platz oben in der Gondel des Riesenrads.

„Hör auf, die Gondel zu schaukeln, Esther Mae", blaffte Norma Sue. Selbst von dort, wo Mandy und Kurt standen und in der Schlange warteten, um mit dem Riesenrad zu fahren, war offensichtlich, dass Norma Sue kalkweiß im Gesicht war. Ihre Hände umklammerten die Brüstung. „Kannst du nicht sehen, dass sich dieses Ding jedes Mal bewegt, wenn du das tust?"

„Norma Sue, hast du etwa Höhenangst?", rief Kurt und schob seinen Stetson zurück, damit er sie besser sehen konnte.

„Ja, das hat sie", rief Esther Mae, damit alle es

hörten. „Ich musste sie praktisch mit mir in die Gondel schleifen. Schau, Norma Sue, wie schön sie schaukelt." Die Rothaarige bewegte sich hin und her, und Norma Sue knuffte sie in die Rippen.

„Warte nur, bis ich wieder festen Boden unter den Stiefeln habe. Dann werd ich dich kriegen."

„Na, hoffentlich hat sie ihre Laufschuhe an", kicherte Mandy.

„Ich würde mich nicht mit Norma Sue anlegen wollen, wenn sie rachelustig ist", sagte Kurt.

„Esther!", quietschte Norma Sue, und Esther Mae bog sich vor Lachen.

Kurt lachte. „Bist du sicher, dass du auf dieses Ding willst? Es ist ziemlich wackelig!"

„Hast du auch Höhenangst?"

„Selbst wenn ich Höhenangst hätte, würde ich es riskieren, um mit dir zu fahren. Ich habe mir nur Sorgen um deine Sicherheit gemacht."

Sie tätschelte seinen Arm. „Oh, es passiert schon nichts. Und mach dir keine Sorgen, Großer, ich werde mich da oben gut um dich kümmern."

Er umarmte sie, und sie legte ihren Arm um seine Taille. Sie stand Arm in Arm mit ihm und sah zu, wie sich die Gondel mit Esther Mae und Norma Sue langsam dem Boden näherte, während sich eine Gondel nach der anderen leerte. Mandy war sich durchaus bewusst, dass sie Kurts Arm um ihre Schultern gesehen hatten. Aber es war ihr egal.

„Ich bin froh, dass das vorbei ist", sagte Norma Sue mit Erleichterung in ihrer Stimme. „Seid ihr euch sicher, dass ihr in diesen Haufen aus Schrauben und Muttern steigen wollt?"

„Oh ja", nickte Kurt.

„Das ist eine gute Idee für euch. Viel Spaß", sagte Esther Mae. „Und schenkt Norma Sue keine Beachtung. Sie hatte Spaß. Sie ist einfach zu stur, um es zuzugeben."

Kurt beugte sich vor und flüsterte in ihr Ohr, als die alten Frauen gingen. „Hast du mitbekommen, wie diskret sie es *übersehen* haben, dass ich meinen Arm um dich hatte?"

„Ja, sie wollen was Gutes nicht vermasseln."

Er half ihr in die Gondel, setzte sich dann neben sie und legte seinen Arm sofort über den Sitz hinter ihr. „Ich auch nicht."

Mandy atmete die nach Zuckerwatte duftende Luft

ein und genoss die Fahrt. „Es wäre wunderbar, wenn das Leben so sorglos sein könnte, wie es sich gerade anfühlt", sagte sie, als sie ganz oben angekommen waren und auf alle Menschen hinabblickten, die sich unten tummelten.

„Ja, hier oben fühlt es sich an, als wäre man so weit weg von all dem da unten."

Sie lächelte und ihre Gedanken wanderten zu allem, was sie im Hinterkopf hatte. „Das Problem ist nur, dass es eine Illusion ist. Alle meine Probleme warten immer noch auf mich, wenn ich wieder runterkomme." Warum hatte sie das sagen müssen, wo doch alles so perfekt gewesen war? Sie war an einem perfekten Tag mit dem perfekten Mann zusammen und konnte ihre große Klappe nicht halten.

„Stimmt, aber ich kann dir sagen, dass nichts unüberwindlich ist."

Sie sah ihn an, als sie hinabfuhren, bevor das Riesenrad ihre Gondel wieder hinaufschickte. *Nichts ist unüberwindlich.* Mandy war sich da nicht so sicher.

Das erste der drei Mule Hollow Homecoming Rodeos war ein Erfolg. An beiden Abenden hatten sie alle ehemaligen Bewohner vorgestellt, die zu der

Veranstaltung nach Hause gekommen waren. Mehrere Familien, die weggezogen waren, waren gekommen und erwachsene Kinder, einige alleinstehend und einige mit eigenen Familien, die gekommen waren, um ihren Kindern zu zeigen, wo sie einst gelebt hatten.

Alle genossen es, sich an den Ort zu erinnern, als er während des Ölbooms in seiner Blüte gestanden hatte. Sie waren traurig gewesen, als ihre Eltern weggezogen waren, um Arbeit zu finden, nachdem die Quellen versiegt waren und mit ihnen die Arbeitsplätze in Mule Hollow.

Am Sonntagmorgen unterhielten sich alle auf der Wiese vor der Kirche über das Wochenende. Es war ein voller Erfolg gewesen.

Esther Mae und Norma Sue sahen aus, als könnten sie fliegen, so glücklich waren sie. Besonders Esther Mae, da der Sommerhut, den sie trug, mit Federn verziert war. Federn, die mit jeder Bewegung ihres Kopfes flatterten, während sie ununterbrochen über den Jahrmarkt sprach.

Alle waren außergewöhnlich gut gelaunt. Mandy hörte zu und ließ sich zu ihrem Sieg gratulieren. Alle wollten wissen, was sie als nächstes tun würde, und sie sagte ihnen, dass sie sich in der kommenden Woche auf den Weg zu weiteren Rodeos machen würde.

Es kam ihr seltsam vor, dass sie tatsächlich anfangen würde ihren Lebenstraum zu verwirklichen. Sie würde zusätzlich zum Babysitten von Tate einen weiteren Teilzeitjob finden, und dann würde sie einfach beten, dass sie siegen würde. Das Geld würde helfen, für ihre Ausgaben aufzukommen, denn ohne würde sie es nicht schaffen. Es gab viel Verschleiß, der mit dem Herumfahren einherging. Für den Truck und den Anhänger, die Clint ihr leihen wollte, würden Unterhalts- und Verschleißkosten anfallen und natürlich Tierarztrechnungen und Antrittsgelder. Die Liste ging weiter und weiter. Es war nicht billig, auf das National Rodeo Finale in Las Vegas hinzuarbeiten. Unter die Top 15 zu kommen, war keine leichte Aufgabe. Es war eine Sache, davon zu träumen und eine andere, diesen Traum in Angriff zu nehmen.

Doch genau das hatte Mandy vor.

Und wenn sie sich für etwas entschied, dann hundertprozentig.

Sie und Kurt hatten am Tag zuvor ein wenig darüber gesprochen. Nachdem sie das Riesenrad verlassen hatten, hatten sie eine Weile beisammengesessen und über ihr Reiten gesprochen. Sie hatte ihm von ihrer Entscheidung erzählt, einen Teilzeitjob zu finden, und er hatte ihr gesagt, dass er das für eine gute Idee hielt –zumindest bis sie anfing, Geld zu gewinnen, und Vollzeit von den Rodeos leben konnte. Sie lächelte immer noch über die Überzeugung in seiner Stimme. Er hatte das nicht gesagt, damit sie sich besser fühlte; Er hatte es gesagt, weil er wirklich glaubte, dass sie es gut machen würde. Allein der Gedanke daran ließ sie gebannt darauf warten, sein lächelndes Gesicht über den Parkplatz kommen zu sehen.

Er schaffte es nicht, bis das letzte Lied gesungen wurde, kurz bevor Chance aufstand, um seine Predigt zu halten. Als sich die Tür öffnete, warf Mandy einen Blick über ihre Schulter, und ihr Herz pochte glücklich. Als wären ihre Augen ein Leuchtfeuer, konzentrierte er sich sofort auf sie, schritt geradewegs den Gang hinunter und rutschte auf den Platz neben ihr.

Adela schien schneller zu spielen, und Mandys Blick wanderte zu den blauen Augen der zierlichen alten Dame, die um die Ecke des Notenblatts auf ihrem Klavier strahlten. Und von der Empore, auf der der Chor stand, strahlten Esther Mae und Norma Sue auf sie herab.

Ob sie es wollte oder nicht, sie konnte nicht leugnen, dass sie in ihrem Kuppelversuch erfolgreich gewesen waren. Mandy versuchte, nicht darüber nachzudenken. Sie versuchte nur daran zu denken, seine Gesellschaft zu genießen. Ohne irgendwelche Bedingungen. Er hatte nichts gesagt, keinen Hinweis darauf gegeben, dass es mit ihr anders sein sollte als mit den anderen Frauen, mit denen er sich verabredet hatte.

Und sie war damit einverstanden. An diesem Abend würden sie zum Abendessen ausgehen. Sie fragte sich nur, ob alle anderen auch diese Schmetterlinge im Bauch gespürt hatten.

Er schloss das Gesangsbuch und legte es in das Regal auf der Rückseite der Bank vor ihnen. „Wie geht's dir heute Morgen?", fragte er, als er sich neben ihr zurücklehnte.

„Gut", sagte sie und lauschte den Worten des Pastors über das Rodeo und den Jahrmarkt. „Und dir?"

Er lächelte. „Mir geht's großartig. Ich habe heute Abend ein Date mit einer schönen Frau. Ich habe also jeden Grund, glücklich zu sein." Sein Lächeln war so umwerfend wie seine Worte, und es fühlte sich verrückt wunderbar an, zu wissen, dass er über sie sprach.

Mandy sah ihn an und war sich sehr bewusst, dass Kurt ihr das Gefühl gab, eine Frau zu sein… und sie liebte es. Sie sehnte sich nach Dingen, an die sie lange nicht mehr gedacht hatte.

Kurt pfiff eine fröhliche Melodie und lief die Stufen hinunter zu seinem Truck. Er warf die Schlüssel in die Luft, fing sie auf und lächelte. Er fühlte sich gut. Er hatte ein Date mit Mandy Brown.

Er hatte heute Abend eine Überraschung für sie und hoffte, dass sie das Angebot annehmen würde. Er hatte den ganzen Nachmittag darüber nachgedacht und spürte, dass es die perfekte Lösung für ihr Problem war. Und beim Abendessen war die perfekte Gelegenheit, es ihr zu sagen, doch er war ein wenig besorgt darüber, wie sie darauf reagieren würde.

Er konnte gar nicht schnell genug zu ihrem Haus kommen. Beim Gedanken an sein erstes offizielles Date mit ihr fühlte er sich wie ein Schuljunge. Er hatte den ganzen Nachmittag gelächelt und lächelte immer noch, als er an ihre Tür klopfte.

„Immer nur herein", sagte Lacy und öffnete die Tür weit, als sie ihn sah. Sie hielt Tate auf dem Arm und winkte ihn herein. „Ich habe es gar nicht erwarten können, bis die Uhr sechs schlägt und du endlich vorfährst. Ich denke, ich bin vielleicht aufgeregter darüber, dass ihr zwei ausgeht, als ihr selbst."

„Ich hoffe nicht. Ich hatte gehofft, dass Mandy aufgeregt ist. Ich bin's auf jeden Fall."

Lacy kicherte. „Das ist genau die Antwort, die ich hören wollte. Wenn du nicht aufgeregt wärst, würde ich denken, dass etwas mit dir nicht stimmt. Clint hatte einen Anruf von einer seiner Ranchhelfer, dass irgendwas mit einer Kuh nicht stimmt, darum ist er nachsehen gefahren, sonst wäre er jetzt hier, um euch zwei zu sehen."

„Hey", sagte Mandy, als sie ins Zimmer kam. Ihr glänzendes dunkles Haar fiel über ihre Schultern und verleitete ihn, es zu berühren. Sie trug eine weiße

Bluse zu dunklen Jeans, und mit dem Funkeln in ihren Augen nahm sie ihm den Atem. „Hat Lacy dir die Leviten gelesen? Hat sie dir eingeschärft, dass ich bis zehn Ausgang habe und dann zu Hause sein muss, weil ich sonst für den Rest meines Lebens Hausarrest bekomme und nie wieder mit dir ausgehen darf?"

„Ha!", lachte Lacy. „Ich war gerade dabei."

Kurt schmunzelte. „Ich würde mich an alle Regeln halten, die Lacy mir auferlegt. Was auch immer nötig ist, um dieses Abendessen zu bekommen, ich werde es tun."

Mandy lächelte. Ihre großen Augen leuchteten, und er hoffte, dass es vor Freude über seine Anwesenheit war. Sein Herz pochte in seiner Brust, wenn er sie ansah. Und es war so anders als alles, was er jemals zuvor erlebt hatte. Alles trat in den Hintergrund, und er sah nur sie.

„Daran habe ich keinen Zweifel. Und jetzt raus hier, Kinder." Lacys neckende Worte brachen den Zauber des Augenblicks und erinnerten Kurt daran, dass er mit ihr gesprochen hatte, bevor er sich den unerforschten Gefühlen zugewandt hatte, die Mandy in ihm auslöste.

Er hatte seinen Hut in der Hand gehabt, seit er an der Tür geklingelt hatte, und klopfte jetzt damit an seine Hüfte. „Dann bist du bereit?", fragte er.

„Ja, das ist sie", sagte Lacy und stieß Mandy an.

Ein paar Minuten später fuhren sie die Straße hinunter in Richtung Ranger. Er konnte nicht erklären, wie glücklich er war, als sie die siebzig Meilen zur nächsten größeren Stadt in der Nähe von Mule Hollow fuhren. Unterwegs sprachen sie über den Jahrmarkt und das Rodeo. Er hatte einen Tisch in einem Restaurant mit Blick auf einen See reserviert. Er war noch nie dort gewesen, hatte aber gehört, dass es schön war. Er wollte Mandy an einen Ort bringen, an dem er noch nie zuvor gewesen war, denn Mandy war etwas Besonderes, und er wollte, dass dieses Date auch etwas Besonderes war. Er wollte, dass Mandy sich nicht wie eine von vielen Frauen fühlte, die er zum Abendessen ausführte.

„Das ist wunderschön", sagte sie, als eine Kellnerin sie zu einem Tisch auf der Terrasse am Wasser führte. Ein Schwan schwamm vorbei, als Kurt Mandys Stuhl für sie zurechtrückte. Sie sah ihn über die Schulter an und lächelte. Kurt erstarrte. Er könnte für immer mit diesem Lächeln leben, das sie ihm schenkte.

Die Idee war beunruhigend.

„Kurt, bist du okay?", fragte sie, als er den Stuhl nicht weiter an den Tisch heran schob.

„Ja, ja", sagte er, erschüttert von den Gedanken, die ihm durch den Kopf gingen, und der plötzlichen Sehnsucht, die an seinem Herzen nagte. Was war nur los mit ihm? „Mir geht's gut. Ich denke nur – Mandy, du hast das schönste Lächeln, das ich je gesehen habe."

Sie lachte und setzte sich. „Ich bin sicher, dass du das allen Mädchen sagst."

Er schüttelte den Kopf. „Nein, das tue ich nicht. Ich sage dir, dass dein Lächeln das schönste ist, das ich je gesehen habe." Ihm war wichtig, dass sie verstand, dass er es ernst meinte und es nicht nur so dahinsagte.

Ihr Lächeln war echt, als er sich ihr gegenüber niederließ. „Danke. Das gefällt mir", sagte sie leise. „Puh, ich bin ein bisschen nervös."

Er griff über den Tisch und legte seine Hand auf ihre, die gerade am Rand ihrer Serviette zupfte. „Ich bin auch nervös." Er hielt ihren nicht überzeugten Blick fest. „Warum atmen wir nicht beide tief durch und entspannen uns?"

Sie nickte. „Klingt nach einer guten Idee. Ich hatte nicht erwartet, dass ich mich bei unserem ersten Date wie ein Schulmädchen fühlen würde."

„Der Gedanke gefällt mir. Ich fühle mich wie ein Schuljunge."

Ihre Geständnisse brachten sie zum Lachen, als die Kellnerin kam. Als sie wieder ging, hatten sich beide etwas entspannt. Kurt wusste in seinem Herzen, dass das eine lebensverändernde Erfahrung war. Als er sie bei Kerzenschein über den Tisch hinweg ansah, war er glücklich. Und es gefiel ihm. Vor drei Wochen hätte er nicht geglaubt, dass das möglich war. Doch das war, bevor Mandy Brown in sein Leben geritten war.

KAPITEL NEUNZEHN

Das Abendessen war das romantischste Essen gewesen, das Mandy jemals erlebt hatte. Das sanfte Plätschern des Wassers gegen die Stützpfeiler der Terrasse, das sanfte Mondlicht, das nur für sie über dem See zu schweben schien. Der Schwan, der neben ihnen auf dem Wasser herumglitt, trug zur Romantik bei, zusammen mit der Musik, die leise in der Brise zu ihnen herüber wehte. Es gab so viel, was Abend zu etwas Besonderem machte, doch es war der Ausdruck in Kurts Augen, der ihr Herz von Moment zu Moment flattern ließ. Die zärtliche Berührung seiner Hand, als er ihre ergriffen hatte. Und seine Worte gaben ihr das Gefühl, auf Wolke sieben zu schweben.

So war es, sich zu verlieben ... wäre es, wenn es

ihr passieren würde.

Als sie das Restaurant verließen, nahm Kurt ihre Hand in seine. „Möchtest du ein Stück am See spazieren gehen?"

Die Wärme seiner Hand fühlte sich so gut an. Sie nickte. „Das wäre schön."

Sie verließen das Restaurant und gingen hinunter zum Pier. Es gab einen Gehweg, der ein Stück am Ufer entlangführte, vorbei an Bänken, die am Weg aufgestellt worden waren, und sie folgten ihm. Einige Meter vor ihnen schlenderte ein älteres Ehepaar Hand in Hand und genoss die Nacht. Irgendwann blieben sie in einem Schatten stehen und die Frau legte ihre Hand an die Wange des Mannes. Er senkte den Kopf und küsste sie. Ein Schauer durchlief Mandy, als sie sie beobachtete. Wie viele Jahre sie wohl schon zusammen waren? Sie könnten leicht frisch verheiratet oder seit fünfzig Jahren ein Paar sein. In jedem Fall inspirierte sie die süße Geste.

Als sie aufblickte, sah sie, dass Kurt sie beobachtete.

„Das war so süß", sagte sie und gestikulierte in Richtung des Paares, als es weiterging.

Sein Gesichtsausdruck war nachdenklich. „Du fragst dich, was ihre Geschichte ist, nicht wahr?" Er zog sie an sich.

Ihr Herz setzte kurz aus, dann begann es zu rasen. Sie fühlte sich vollkommen aus dem Gleichgewicht. Kurt Holden war schuld daran. Er stellte ihre Welt auf den Kopf.

„Ja", zwang sie sich zu antworten, während ihr Blick auf seinen Lippen ruhte.

Er senkte seinen Kopf und sah in ihre Augen, nur Zentimeter von ihr entfernt. „Du hast meine Welt aus den Angeln gehoben, Mandy", murmelte er und küsste sie dann.

Der Abend war still und friedlich. In dem Moment, als seine Lippen ihre trafen, hörte alles auf, und sie wurde sich der Gefahr, in der sie sich befand, überdeutlich bewusst. So viele Emotionen, die sie noch nie erlebt hatte, kamen in seinen Armen ins Spiel. Ihr Herz seufzte, und sie hatte das Gefühl, für immer dort bleiben zu können.

War das Liebe?

Es gab so viele Gründe, warum sie sich nicht verlieben wollte. Doch offensichtlich hatte sie es getan.

Wie war das passiert? In seinen Armen schienen die Wälle, die sie um ihr Herz aufgebaut hatte, zusammenzubrechen. Sie drückte sich sanft von seiner Brust ab, und er zog sich zurück und sah so fassungslos aus, wie sie sich fühlte. Er ließ sie los, ging ein paar Meter und blickte auf das mondhelle Wasser.

„Mandy, ich ...“

Keiner von ihnen hatte nach etwas Ernstem gesucht, und dennoch schienen sie auf einem Kollisionskurs zu sein. Ging es ihm genauso? War es das, was ihn dazu gebracht hatte, ihr den Rücken zuzukehren?

„Mandy, ich habe mich in dich verliebt.“

Seine Worte nahmen ihr den Atem, obwohl sie sich gefragt hatte, ob es möglich war, dass er dasselbe wie sie empfand.

„Nein“, sagte sie und sprach das erste aus, was ihr einfiel. „Nein, Kurt.“ Sie ging an den Rand des Wassers und starrte hinaus, während alles in ihr in Aufruhr war. „Ich will mich nicht verlieben und du auch nicht. Das ist alles nur Schwärmerei und Freundschaft. Es ist nicht Liebe. Das willst du nicht. Du willst deine Ranch aufbauen und erfolgreich sein, bevor du an Ehe und Familie denkst. Und ich..." Sie schlug sich mit der Hand auf die Brust. „Ich fange gerade im Rodeozirkel an. Ich habe keine Zeit, darüber nachzudenken, verliebt zu sein..."

Dieses langsame, unverschämt schöne Lächeln breitete sich auf seinem Gesicht aus und ließ seine Augen amüsiert leuchten. „Mandy, es ist wahr, ich habe nicht danach gesucht. Aber es ist auch wahr, dass es passiert ist. Willst du mir weismachen, dass das, was ich bei dir fühle, nicht wahr ist?"

Sie starrte ihn an. „Du ... du hast einen perfekten Abend genommen und ihn ruiniert."

Seine Augen funkelten heiter. „Mandy, alles wird gut. Ich habe das nicht mehr erwartet als du, aber ich liebe dich, und ich kann nicht anders, als es dir sagen. "

„Versuch wenigstens, dich nicht ganz so begeistert anzuhören." Sie versuchte nachzudenken. Klarheit zu finden.

Er lachte. „Hey, ich bin nur ehrlich." Er zog sie wieder in seine Arme.

„Mandy, seit ich dich kenne, spüre ich etwas in mir, das ich noch nie zuvor empfunden habe. Ich empfinde jedes Mal Freude, wenn ich dich sehe. Und das Gefühl ist tief und stark. Ich bete, dass du es auch sehen wirst."

„Unser erstes Date ist noch nicht einmal vorbei", protestierte sie.

Sein Lächeln wurde breiter. „Ich erkenne etwas Gutes, wenn ich es sehe, und du bist das Beste, was ich je gesehen habe. Mandy, als ich dich das erste Mal bei Lacy in der Arena um dieses Fass fliegen gesehen habe, habe ich mich schon von dir angezogen gefühlt. Ich hatte nicht erwartet, dass es mehr als eine vorübergehende Anziehung sein würde, aber ich kann es nicht leugnen. Ein Date, zwei, fünfzig... Es ist egal, ich bin in dich verliebt."

Sie wich von ihm zurück. „Ich werde von Rodeo zu Rodeo ziehen."

Er trat auf sie zu und nahm ihr Gesicht in seine Hände. „Ja, das wirst du. Nichts, was ich sage, ändert das. Ich sage dir nur, dass ich dich liebe und ein Leben mit dir will. Ich möchte mit dir Babys großziehen und sie auf der Ranch aufwachsen sehen."

Mandy fühlte sich benommen. Er versuchte, ihr Herz im Sturm zu erobern. Doch im Moment konnte sie das nicht gebrauchen. Sie musste sich konzentrieren. Und zwar *jetzt*.

Und nicht auf Kurt. Nein. Der einzige Mann, den sie gerade in ihrem Leben brauchte, war Murdoch. „Ich muss nach Hause ", sagte sie.

Mit pochendem Herzen rannte sie zurück zu Kurts Truck.

Früh am Montagmorgen erwachte Mandy und sah Lacy, die mit Tate auf dem Bett saß und sie ansah.

„Und, wie war's?", fragte Lacy und grinste wie eine schlaue Katze.

Mandy rollte sich von ihr weg und zog ihr Kissen über ihren Kopf. Sie hatte so gut wie nicht geschlafen, oder zumindest fühlte sie sich so. Das letzte Mal, als sie auf die Uhr geblickt hatte, war es 4:30 Uhr morgens gewesen. „Wie spät ist es?", fragte sie unter dem Kissen hervor.

„Sechs. Tate und ich konnten es kaum erwarten, dass du endlich aufstehst. Der kleine Kerl will wissen, was im Liebesleben seiner Tante los ist."

Mandy stöhnte. „Es war ein Desaster."

„Was ist passiert?"

Mandy riss das Kissen von ihrem Kopf, setzte sich auf und starrte Lacy fassungslos an. „Er hat mir gesagt, dass er mich liebt! Das ist passiert."

„Woo–hoo!", jubelte Lacy, klatschte Tates Hände und ließ ihn auf ihrem Schoß hüpfen. „Wir wussten es! Wir haben es gewusst, nicht wahr, Tate!" Tate strahlte. Sein kleiner Mund war weit geöffnet, und seine Augen glänzten. „Moment." Lacy hielt mitten in der Bewegung inne. „Was hast du gesagt?"

Mandy war immer noch schwindelig beim Gedanken daran. „Ich habe ihm gesagt, dass unser erstes Date noch nicht einmal vorbei war."

Lacy schnappte nach Luft, während sie sie fassungslos anstarrte. „Mandy, ihr wart schon auf anderen Dates. Vielleicht habt ihr es nicht so genannt, aber ihr habt hier zusammen zu Abend gegessen. Und dann war da noch die Grillparty. Und die ganze Zeit in der Arena. Oh, und die Sache mit dem Brand. Ihr habt viel Zeit damit verbracht, euch kennenzulernen–"

„Aber nichts davon war ein Date."

„Technisch betrachtet habt ihr es vielleicht nicht so genannt, doch du hast Zeit mit ihm verbracht.

Vergiss nicht die ganze Zeit in der Arena und auf dem Jahrmarkt. Du weißt, dass da was Besonderes ist. Mir entgeht nicht, dass du ganz verträumt dreinblickst, wenn er den Raum betritt."

Mandys Magen schlug reihenweise Purzelbäume. Sie hatte die ganze Nacht über ihre Gefühle nachgedacht. Die Heimfahrt war still gewesen, denn beide waren in ihre eigenen Gedanken versunken gewesen. Sie hatte sich gefragt, was er von ihren Reaktionen hielt. Sie konnte nicht leugnen, dass sie verrückt nach ihm war und dass sie sich mit niemandem so gefühlt hatte, wie sie sich fühlte, wenn sie in seiner Nähe war.

Liebe. Ja, das Gefühl war letzte Nacht auch in ihre Gedanken gekrochen. Doch sie konnte es nicht glauben. Es war unverantwortlich – sie hatte tatsächlich ihren Vater die Worte in ihrem Kopf sagen hören, als sie immer wieder über ihre Gefühle für Kurt nachgedacht hatte.

„Wie kann er mich so schnell lieben?"

Lacy lächelte immer noch. „Liebe hat ihre ganz eigene Art, Herzen miteinander sprechen zu lassen. Du solltest dir aber bewusst sein, was du tust. Es gibt nichts Schlimmeres als eine Frau, die sich von einem Mann überreden lässt, einen schlimmen Fehler zu machen. Doch ich glaube, dass manchmal Liebe schnell geschieht, und manchmal wächst sie langsam. Jedem seine eigene Liebesreise. Du leugnest deine Gefühle nicht wegen deines Vaters, oder?"

„In gewisser Weise vielleicht", sagte Mandy. „Ich habe meinen Vater geliebt, ihm vertraut. Lacy, hast du jemals erfahren müssen, dass der eine Mensch auf der ganzen Welt, den du für den Ehrenwertesten und Aufrichtigsten gehalten hast, ein Lügner war? So ist es mir ergangen. Und schlimmer noch, ich habe meine Träume für ihn aufgegeben." Ihr Magen rebellierte.

Lacy tätschelte ihr Knie. „Ich kann mir nicht vorstellen, wie sich das anfühlen muss."

Mandy umarmte ihr Kissen und beobachtete Tate, der mit der Halskette seiner Mutter spielte. „Ich fühle mich wie ein Jammerlappen. Ich bin erwachsen. Ich bin staatlich geprüfte Buchhalterin – ob es mir nun gefällt oder nicht. Ich bin eine starke, unabhängige Frau und benehme mich wie ein Baby. Ich hasse das."

Lacy musterte sie mit nachdenklichem Blick. „Liebst du Kurt?"

Mandy vergrub ihr Gesicht in ihrem Kissen. „Ich glaube schon", sagte sie mit gedämpfter Stimme. „Aber ich kann nicht", fügte sie seufzend hinzu.

„Die Romantikerin in mir ist begeistert und glücklich und möchte, dass du dich in seine Arme wirfst und ihn heiratest." Lacy legte ihre Hand auf die von Mandy. „Ich denke, ihr passt zusammen wie Kuchen und Eiscreme."

„Nur du kannst so denken", stöhnte Mandy, und ihre Mundwinkel zuckten trotz ihres Elends.

„Nichts treibt dich zur Eile, Süße. Nimm es einen Tag nach dem anderen. Tu mir einfach einen Gefallen und verschließe dein Herz nicht für diesen wunderbaren Mann, nur, weil dein Vater es vermasselt hat. Es macht dich stark, wenn du Schlechtes in deinem Leben überwindest. Und ich sage dir, dass du stärker sein wirst, als du es jemals geglaubt hast."

Mandy dachte an Kurt und alles, was er als Kind durchgemacht hatte, und an den Mann, zu dem er geworden war. Sie bewunderte ihn so sehr. Er war stark. Er war unglaublich. Es gab so viel, was er seiner Mutter und seinem Vater hätte vorwerfen können. Doch er schien es nicht zu tun. Es war etwas, das sie unbedingt verstehen wollte.

Mandy holte tief Luft. In ihrem Leben war so viel los. So viele Konflikte wirbelten in ihrem Kopf und Herzen herum, dass ihr schwindelig wurde. „Ich werde heute nicht darüber nachdenken. Heute werde ich einen Plan machen, bevor ich mit den Rodeos loslege.“

„Ich habe Clint gestern gesagt, er soll den Anhänger und den Truck fertig machen, weil du nach den Sternen greifen willst. Du hast es verdienst.“

Hatte sie? Mandy kannte die Wut, die immer noch in ihrem Herzen war. Kurt hatte irgendwie seine Probleme überwunden, und sie wollte wissen, wie er es geschafft hatte. Ihr Herz war nicht weicher geworden und es lag nicht daran, dass sie nicht dafür gebetet hatte. Denn das hatte sie getan.

Sie fragte sich, was Kurt von ihr halten würde, wenn er wüsste, wie wütend sie innerlich war? Er war der Ehrenwerte, sie nicht wirklich.

Wie konnte sie so wütend sein und sich dann so schuldig fühlen, dass sie ihrem Vater nicht vergeben konnte?

Sie war eine Katastrophe. Würde sie jemals einen Weg aus dieser Situation finden?

* * *

„Kurt, wir sind gekommen, um zu reden.“

Es war Morgendämmerung, als die notorischen Kupplerinnen des Ortes auf Kurts Veranda aufmarschierten. Er öffnete die Tür, und dort standen sie mit der aufgehenden Sonne im Rücken. Die Hähne hatten kaum aufgehört zu krähen, so früh war es.

„Okay. Schießt los.“ Er trat zurück und bedeutete ihnen, hereinzukommen.

Norma Sue ging voran und stürmte an ihm vorbei an die Küchentheke. Esther Mae und Adela folgten. Sie waren so verschieden, als sie eine nach der anderen an ihm vorbeigingen. Norma Sue in Jeans und Hemdbluse, dazu ihr weißer Stetson; Esther Mae in einer violetten Hose und orangefarbener Bluse, die grell von ihren roten Haaren abstach. Und dann die elegante Adela, zierlich und fast zerbrechlich in ihrer blassrosa Bluse und cremefarbener Hose. Sie schenkte ihm ein herzliches Lächeln, als sie eintrat.

„Wir sind so froh, dass wir dich erwischt haben, bevor du mit der Arbeit anfängst“, sagte sie und tätschelte seinen Arm. „Wir wissen, wie beschäftigt du bist."

Er lächelte argwöhnisch und fühlte sich seltsam nervös, da sie aussahen, als wären sie aus offiziellem Kuppelanlass hier.

„Wir sind gekommen, um dich um einen Gefallen zu bitten." Norma Sue verschränkte die Arme und sah aus, als forderte sie ihn heraus, nein zu sagen. Kurt wusste, dass sie eine lebende Dampfwalze war, wenn sie loslegte, und er fragte sich, ob er gleich niedergemäht werden würde.

„Ihr wisst, ich werde mein Bestes geben, um euch auf jede erdenkliche Weise zu helfen." Es stimmte. Er liebte und respektierte diese alten Damen – auch wenn er ein bisschen Angst vor ihnen hatte. Was hatten sie vor?

„Wir denken, du solltest Mandy bitten, für dich zu arbeiten", schlug Esther Mae vor und strahlte, als hätte sie ihm gerade den Weg zum Stein der Weisen gewiesen.

Er lachte, weil er bereits dieselbe Idee gehabt hatte. „Das denkt ihr? Und wie kommt ihr darauf?"

„Wir haben gehört, wie Jess Sam erzählt hat, dass das Geschäft wächst und dass ihr darüber nachgedacht habt, jemanden für die Buchhaltung einzustellen."

Genau das hatte er auch gedacht. Er hatte gestern Abend sogar überlegt, es Mandy anzubieten, aber dann hatte er seine große Klappe aufgerissen und ihr gesagt, dass er sie liebte.

Wenn er sie verscheuchen wollte, hatte er genau das Richtige getan.

Danach hatte sie fast die siebzig Meilen von Ranger nach Hause laufen wollen.

Wenn er ihr den Job angeboten hätte, wäre das vielleicht das Ende gewesen, also hatte er auf dem Heimweg den Mund gehalten. „Ich habe darüber nachgedacht", gab er zu. „Aber ich bin nicht so sicher, ob sie es akzeptieren würde. Sie..." Er blieb stehen, und die Versuchung, ihnen zu gestehen, dass er sie liebte, regte sich.

„Warum war sie wütend auf dich?", fragte Norma Sue und musterte ihn mit Argusaugen.

Kurt zupfte an seinem Kragen. „Ich, ah…"

„Du hast ihr gesagt, dass du sie liebst!", kreischte Ester Mae. „Ist es das?"

Ihm blieb der Mund offenstehen. Alle drei Frauen starrten ihn an.

„Ich fass' es nicht", johlte Norma Sue und klopfte ihm auf den Rücken. „Ich bin beeindruckt von dir, Kurt. Du hast Mumm."

„Ich habe nicht gesagt–"

Adela lächelte. „Du musst nichts erklären. Wir sind auf deiner Seite."

Er blickte in ihre lächelnden Gesichter und gab nach. „Ich fürchte, es hat mehr geschadet als es genutzt hat. Sie ist nicht allzu glücklich darüber. Ich fürchte, ihr einen Job anzubieten, könnte noch mehr schaden. Sie könnte das Angebot ablehnen."

Esther Mae schnaubte. „Machst du Witze? Sie wird annehmen. Sie will Rodeos reiten, und das ist genau das Richtige für sie."

„Ganz zu schweigen davon, dass sie dadurch in deiner Nähe wäre", fügte Norma Sue hinzu, und ihre prallen Wangen glänzten rosig.

Kurt starrte die Frauen an. Er brauchte jede Hilfe, die er bekommen konnte. Er hatte geplant, ihr den Job anzubieten, weil er perfekt für sie wäre und ihm sowohl im geschäftlichen als auch im persönlichen Bereich helfen würde, da es ihm eine Ausrede geben würde, sie zu sehen.

Adela hatte wenig gesagt, während Esther Mae und Norma Sue über alle positiven Aspekte der Situation plapperten. Ihr aufgeregtes Geschwätz wollte gar nicht enden. Miss Adela beobachtete ihn mit ihren weisen blauen Augen, so sicher und ruhig, dass er zu dem Schluss kam, dass es der richtige Schritt war. Sie musste nichts sagen. Sie musste einfach nur da sein und ihn so ansehen, um ihn in seinem Entschluss zu bestärken.

„Ich werde sie fragen", sagte er schließlich.

Norma Sue klopfte ihm erneut auf den Rücken, diesmal so kräftig, dass er zurückgestolpert wäre, wenn er nicht am Frühstückstresen gelehnt hätte. „Na bitte!", polterte sie. „Das hört sich schon besser an. Ich hab ja gesagt, dass du ein zu kluger Mann bist, um dir diese Gelegenheit entgehen zu lassen."

„Ich bin wahnsinnig aufgeregt." Esther Mae verschränkte die Hände wie zum Gebet. „Das ist perfekt."

„Ich gehe in ein paar Minuten rüber und frage sie."

„Wir werden beten, dass alles klappt." Adela legte ihre Hand auf seinen Unterarm und tätschelte ihn beruhigend. „Ich habe ein sehr gutes Gefühl."

„Ich auch", schwärmte Esther Mae aufgeregt. Norma Sue nickte, und ihre Augen funkelten vor Begeisterung bei der Aussicht, ein weiteres Paar zusammenzubringen.

Kurt war sich nicht so sicher. Er begann zu glauben, dass sie Hoffnung in einer Situation hatten, die einfach nicht den Ausgang haben konnte, den sie sich wünschten. Nach Mandys Reaktion verglich er sie immer wieder mit einem scheuen Hengstfohlen auf der Weide. Doch er war niemand, der schnell aufgab. Nicht, wenn das Ziel direkt vor ihm lag.

Und das bedeutete, dass er der Frau, mit der er den Rest seines Lebens verbringen wollte, einen Job anbieten würde.

Er wollte Mandy. Jetzt und für immer.

KAPITEL ZWANZIG

„Ein Job?“ Mandy war immer noch erschüttert darüber, dass Kurt ihr gesagt hatte, dass er sie liebte, und jetzt bot er ihr einen Job an? „Nein, ich denke nicht, dass das eine sehr gute Idee wäre.“ Sie hatte sich den Trailer angesehen, mit dem sie Murdoch an diesem Wochenende zu einem Rodeo in Stephenville, Texas, bringen wollte. Sie war erschrocken, als Kurt vorbeigekommen war und diese neue Bombe eines Jobangebots auf sie abgefeuert hatte.

„Ich weiß, dass du Geld brauchst, um deine Ausgaben zu decken. Und ich dachte, dass ich Hilfe im Geschäft brauche. Es wächst, und ich brauche professionelle Hilfe bei der Buchhaltung und den

Unterlagen. Mandy, ich biete dir mein Herz an, aber da du nicht dazu bereit bist" – er lächelte verlegen – „biete ich dir stattdessen einen Job an. Ja, das bedeutet, dass du in meiner Nähe sein wirst und ich dich irgendwann dazu bringen werde, dich bis über beide Ohren in mich zu verlieben. Aber in der Zwischenzeit kannst du deinen Traum finanzieren."

Mandy bemühte sich, sich auf den Jobteil seiner Äußerung zu konzentrieren und ihr Herz aus der Kalkulation herauszuhalten. Es half nicht, dass er nervös aussah. Kurt Holden war sonst kein nervöser Typ, doch gerade war er es. Und süß ... und lieb.

„Es wäre eine Win-Win-Situation für uns beide", fuhr er fort, als sie nichts sagte.

Wie hätte sie auch etwas sagen sollen? Sie liebte es, in seine Augen zu blicken. Ja, sie könnte sich für immer in ihnen verlieren...

Nein! Stopp – sie hatte Rodeos zu gewinnen, Straßen zu bereisen und Träume zu leben ...

„Erzähl mir mehr", zwang sie heraus. „Auch wenn ich nicht sicher bin, ob es gut ist, überhaupt darüber nachzudenken. Ich fürchte, du könntest am Ende verletzt werden..."

Er runzelte die Stirn. „Lass das mal meine Sorge sein. Ich versuche, mich um dich zu kümmern.“

Mandy hatte ein Problem. Sie wollte ihre Arme um ihn schlingen und glücklich leben bis ans Ende ihrer Tage. Sie wollte, dass er sich um sie kümmerte, wie er gesagt hatte. Aber das war Teil ihres Problems… sie musste das alleine schaffen.

„Kurt, ich möchte nicht, dass sich jemand um alles kümmert“, sagte sie aggressiver als beabsichtigt. Sie sah, dass ihr Ton ihn unvorbereitet erwischte, doch er erholte sich schnell.

„Ich habe es nicht wörtlich gemeint“, sagte Kurt. „Ich bin nicht dein Vater. Ich habe nicht vor, dein Leben zu bestimmen.“

„Ich hasse das“, seufzte Mandy und ging am Pferdeanhänger entlang, während sie versuchte, die plötzliche Flut von Zorn zu bekämpfen, die aufzusteigen drohte. „Ich habe zu viel zu tun und zu viel in meinem Kopf. Es war nicht einfach, gewisse Dinge auf sich beruhen zu lassen. Ich kann diesen Ärger auf meinen Vater nicht loswerden. Er ist da und schleicht sich in alles ein, was ich tue.“

Kurt trat neben sie. Er blickte geradeaus über die

Weide, wo eine Gruppe von Rindern zwischen zwei Eichen weidete.

„Mandy, ich höre die Bitterkeit in dir. Du musst mit deinem Vater darüber sprechen und versuchen, eine Lösung zu finden."

„Ich *kann* nicht. Warum ist das so? Warum komme ich nicht darüber hinweg? Warum kann ich keine Freude dabei empfinden, nach meinen Träumen zu greifen?" *Oder mich verlieben*, wollte sie hinzufügen, tat es aber nicht. Dem Schatten der Traurigkeit, der Kurts Augen verdunkelte, entnahm sie, dass ihm nicht entgangen war, dass sie Letzteres ausgelassen hatte. „Warum kann ich nicht mein Leben weiterleben?"

Er stieß ihre Schulter mit seiner eigenen an. „Ich denke, du bist zu sehr voller Ressentiments, um echte Freude zu empfinden. Du musst sie loslassen. Das musste ich auch."

Sie schloss die Augen und suchte nach Frieden. Doch sie fand keinen.

„Vergebung ist nicht leicht, wenn du nicht loslassen kannst. Aber das musst du für dich selbst tun. Und daran muss man manchmal arbeiten."

Vergebung. Da war es, dachte sie entschlossen. Sie hatte das Thema immer weiter in den Schatten zurückgedrängt und versucht, es zu ignorieren.

Sie war so wütend auf ihren Vater, dass sie ihre Wut nicht wirklich loslassen und ihm nicht vergeben wollte. Und doch gab es einen Teil von ihr, der genau das tat. Ein Teil von ihr, der immer noch sein kleines Mädchen war, das seine Liebe und Zuneigung wollte. Seine Anerkennung. Sie rieb ihre Schläfe. Ihr Kopf dröhnte, und ihr war heiß. „Ich kann das nicht, Kurt."

Er drehte sich um, senkte sein Kinn und sah sie eindringlich an. „Du kannst alles tun, was du dir vorgenommen hast. Du bist Mandy Brown, und du hast keine Angst. Ich habe dich reiten sehen." Er schenkte ihr ein atemberaubendes Lächeln, sein Gesichtsausdruck war so sicher.

Sie musste sein Lächeln erwidern, auch wenn ihres schwach war. „Ich fühle mich aber nicht so. Ich habe das Gefühl, ich kann niemandem mehr vertrauen", flüsterte sie.

„Du kannst mir vertrauen, Mandy. Ich weiß, dein Vater hat dich enttäuscht. Aber du darfst nicht erlauben, dass sein Verhalten, seine Entscheidungen dein Leben noch länger beeinflussen. Du musst deinen eigenen Weg wählen."

„Wie du es getan hast?"

Er nickte. „Ich gebe zu, dass ich die Prophezeiung meines Vaters, dass niemals etwas aus mir werden würde, dass ich wertlos bin, mein Leben lang nicht vergessen werde. Aber ich–"

„Du könntest nicht einmal wertlos sein, wenn du dich darum bemühen würdest. Du bist wunderbar. Gott hat keine wertlosen Menschen erschaffen ... sie selbst sind es, die sich dazu machen."

Seine Augen weiteten sich. „Siehst du, du weißt das eine oder andere. Menschen definieren ihren Charakter und die Dinge, die sie prägen. Der Mangel an elterlicher Zuneigung und Liebe meines Vaters wirkt sich nur so weit auf meinen Charakter aus, wie ich es zulasse. Als meine Brüder und ich im Grunde auf uns allein gestellt waren, ist mir klar geworden, dass ich für mich und für sie etwas bewirken musste. Ich denke, das hat meinen Vater dazu gebracht, mich so sehr zu hassen."

Seine Worte schnitten durch sie hindurch. Wie konnte ein Vater sich nur wünschen, dass sein Sohn versagte? Wie schwer musste es für Kurt gewesen sein. „Du bist ein wahrer Überlebenskünstler, Kurt. Ich habe großen Respekt vor dir. Doch…" Sie holte tief Luft und hatte plötzlich das Bedürfnis, etwas über seine Mutter zu verstehen. „Ich muss dich was fragen."

„Dann frag."

Sie ging ein paar Schritte zur Vorderseite des Anhängers. Dort parkte ein Pick-up Truck, auf dessen Ladefläche sie sich setzte. Ihre Knie fühlten sich plötzlich schwach an. Als sie zu Kurt aufblickte, wusste sie, dass sie die Antworten brauchte. Sie musste verstehen, was seine Mutter angetrieben hatte.

Kurt setzte sich neben sie.

„Ich meine es ernst, Mandy, du kannst mir vertrauen. Was möchtest du wissen?" Er nahm ihre Hand in seine und drückte sie. Ein ganzer Schwarm Schmetterlinge flatterte in ihrem Bauch.

Du liebst ihn…

Es ist unmöglich, ihn nicht zu lieben.

Besonders, wenn er deine Hand hält und dir wie jetzt tief in die Augen sieht.

Mandy schloss die Augen und versuchte, die Stimme in ihrem Kopf zum Schweigen zu bringen.

Doch als sie ihre Augen schloss, sah sie nur Kurts lächelndes Gesicht.

Kurt nahm Mandys Hand und drückte sie sanft. Er wollte ihr helfen, vorwärts zu gehen. Wenn sie das schaffte, konnten sie vielleicht herausfinden, wo sie standen. Mandy hatte ihn vom ersten Tag an gefesselt, und er hatte sie nicht aus dem Kopf bekommen. Er konnte sich nicht erinnern, ob es Sam oder App oder Stanley gewesen waren, die es gesagt hatten, doch er erinnerte sich an die Warnung, dass er sich eines Tages nicht mehr von einer Frau würde abwenden können.

Dieser Tag war gekommen.

„Mandy, du musst verstehen, dass mein Vater seinen Weg gewählt hat. Er hat sich für den Alkohol entschieden. Das klingt hart, doch so ist es nun einmal. Ich habe viel Wut in mir deswegen. Meine Mutter hat sich entschieden zu gehen, und ich war lange auch deswegen wütend. Doch ich hatte kleine Brüder, die auf mich gezählt haben. Und auch, wenn ich selbst jung war, ich konnte arbeiten und dafür sorgen, dass sie etwas zu essen hatten. Als ich jünger war, hatten wir nicht immer Strom, aber wir hatten Brot und Erdnussbutter.“

Mandys Finger schlossen sich um seine, und ihre Augen glänzten. Sie drehte ihre Hand so, dass sie seine umklammerte. „Ich finde es furchtbar, mir das vorzustellen. Wie schrecklich, dass du das durchmachen musstest."

Als er sie ansah, war er sich noch sicherer als zuvor, dass er sie liebte. Das Wissen jagte Schauer der Vorfreude auf die Zukunft durch ihn hindurch. Und ein noch stärkerer Antrieb, ihr zu helfen, den Schmerz zu überwinden, erwachte. „Ich werde dir nichts vormachen, Mandy, ich habe meinen Vater lange gehasst, und ich wollte meine Mutter hassen. Aber Clints Vater, Mac Matlock, hat mir geholfen zu erkennen, dass wir unsere Eltern nicht auswählen können. Und manchmal hat ein Ehepartner keinen Einfluss darauf, welche Entscheidungen der andere Partner trifft. Paare brechen aus welchen Gründen auch immer auseinander, und es gibt nichts, was der verlassene Partner oder die Kinder dagegen tun können." Er machte eine Pause und erinnerte sich daran, wie schmerzhaft es gewesen war, diese Lektion zu lernen. Er wünschte es niemandem.

Er schenkte ihr ein ermutigendes Lächeln. „Mac

hat mir beigebracht, was man kontrollieren kann. Wie ein Mann sein sollte. Er hat mir beigebracht, dass der Charakter eines Mannes das einzig Wirkliche ist, das er kontrollieren kann. Er hat es vorgelebt, indem er für seinen Sohn da war und seine Ranch zu einem Erfolg gemacht hat, indem er ehrlich war und zu seinem Wort gestanden hat. Er hat mir gesagt, ich hätte die Wahl, was für ein Mensch ich sein wollte, und dass ich es nicht von äußeren Umständen diktieren lassen muss."

Mandy lächelte. „Du hast beschlossen, zu vergeben."

„Nicht so schnell, wie es dir jetzt scheint. Glaub mir, damals war ich wie du. Ich war so wütend, dass ich nicht vergeben konnte. Obwohl ich wusste, dass das das Beste ist, konnte ich es einfach nicht. Doch dann verstand ich, dass ich wie mein Vater oder wie ein Mac sein konnte, und habe mich entschieden. Dann wurde es leicht."

„Deshalb warst du so geduldig mit Erica, selbst als sie so furchtbar unhöflich war. Und deshalb hast du deiner Mutter vergeben, obwohl sie dich verlassen hat."

„Weil ich mich dafür entschieden habe. Es war meine Wahl. Und ich möchte ein Mann sein, auf den meine Kinder eines Tages stolz sein können. Ich schaffe es nicht immer, doch ich bemühe mich darum. Ab und zu brandet immer noch die Wut auf meinen Vater auf. Er hat nie bereut, was er uns angetan hat. Das ist der Unterschied zwischen ihm und meiner Mutter. Sie bereut es immer noch jeden Tag. Darum wird sie nicht hierherziehen und auf der Ranch leben. Es ist ihr peinlich, und sie kann sich nicht vergeben."

Kurt stand auf und zog Mandy in seine Arme. Sie fühlte sich dort so gut, dass ihr Herz gegen seines pochte. „Lass es los, Mandy. Du bist diejenige, die dein Leben bestimmt." *Und lass mich dich lieben.*

„Kurt, ich muss mir noch über vieles klar werden, und mein Leben wird immer komplizierter, wenn ich Rodeos gewinnen will. Ich werde den größten Teil des Sommers weg sein, wenn ich gewinne. Wenn ich die Meisterschaft gewinnen will, muss ich unter die 20 Topverdiener kommen. Das heißt, ich muss bei so vielen Rodeos antreten, wie ich kann, und so viele große Siegesprämien einstreichen, wie ich kann. Und selbst dann ist es fraglich, ob ich es schaffe."

Er stemmte seine Hände in die Hüften und sah sie unbeeindruckt an. „Mandy, du musst einfach reiten. Und du und ich, wir gehen es einen Tag nach dem anderen an.“

Seine Worte waren wie Musik in ihren Ohren. Mandy musste ganz schnell weg. „Ich muss rein.“ Sie ging, so schnell sie konnte. Sie wollte fast rennen, doch irgendetwas brachte sie dazu, sich noch einmal umzudrehen. „Danke für alles“, sagte sie atemlos. Es gab so viel zu tun und so wenig Zeit. Sie musste loslegen. Sie musste all das hier hinter sich lassen, und sie musste gewinnen.

„Hey“, rief er. „Ich wollte dir sagen, dass ich Colt morgen auf halbem Weg zwischen hier und der Grenze zu Oklahoma treffen werde. Ich wollte dich unterstützen und dir beim Reiten zusehen, aber ich muss ihm etwas von seiner Ausrüstung bringen. Er hat keine Zeit, herzukommen und es abzuholen, bevor er nach Reno fährt.“

Wieder wusste der Cowboy, wie er zu ihr durchdringen konnte. „Du musst mir nicht zusehen. Ich komme schon klar, und Colt braucht dich. Wie geht's ihm?“

„Er ist fertig, richtig erschöpft, aber er gewinnt, und das ist genau das, was er will. Du weißt, wie das ist.“

Sie lächelte. „Ja. Zumindest hoffe ich es. Von

Rodeo zu Rodeo zu ziehen ist schwer, doch von Staat zu Staat zu hetzen, um dem großen Geld nachzujagen, ist mörderisch. Eine Freundin und ich haben es im Sommer des letzten Jahres an der High School gemacht. Ich habe es geliebt, doch ich erinnere mich noch an die endlose Fahrerei. Zum Glück musste ich damals nicht fahren. Heute wird es allerdings anders sein."

„Ich mag den Gedanken nicht, dass du allein unterwegs bist…" Kurt unterbrach sich. Er mochte es kein bisschen, doch es war nicht seine Entscheidung, und er wusste es. „Tut mir leid." Er sehnte sich danach, sie zu umarmen und ihr zu versichern, dass alles gut werden würde. Doch er durfte sie nicht noch mehr belagern, als er es bereits getan hatte. „Ruh dich ein bisschen aus. Du wirst es brauchen", war alles, was er sich zu sagen erlaubte.

„Danke", antwortete sie, drehte sich um und ging.

Er wollte glauben, dass alles gut werden würde. Doch als er sie gehen sah, fühlte es sich einfach nicht richtig an.

Wenn sie gewann, bedeutete das, dass sie unterwegs sein würde und nicht hier in Mule Hollow. Nicht hier, wo er ihr den Hof machen konnte.

KAPITEL EINUNDZWANZIG

Mandy manövrierte ihren Anhänger auf einen Platz am hinteren Ende des Parkplatzes. Sie war hier. Es war eine ziemlich gute Fahrt von Mule Hollow nach Stephenville gewesen. Sie sprang aus dem Truck und joggte zum hinteren Teil des Anhängers, um Murdoch auszuladen, damit sie zur Box des Ansagers gehen und die Reihenfolge der Events einsehen konnte, um zu sehen, wo sie in der Aufstellung war. Sie wusste, dass die Barrelraces gegen Ende des Rodeos stattfinden würden, höchstwahrscheinlich kurz vor dem Bullenwettbewerb.

„Hey, mein Großer", sagte sie, als sie Murdoch aus dem Anhänger führte. Er scharrte mit den Hufen am Boden, sobald er draußen war. Das fühlte sich großartig an. Eine Gruppe junger Cowgirls, die vorbeigingen, lachten und schienen sich zu amüsieren. Ihre begeisterten Stimmen drangen zu ihr herüber. Es erinnerte sie daran, als sie während der High School an Wettkämpfen teilgenommen hatte. Damals, als sie fest entschlossen gewesen war, die beste Barrel Racerin zu werden, die es je gegeben hatte.

Der Gedanke brachte sie zum Lächeln, als sie zur Box des Ansagers ging. Sie war damals so jung gewesen.

Sie fragte sich, was Kurt gerade tat. Ihre Gedanken waren auf der Fahrt immer wieder zu ihm gewandert. Er war nie weit von ihren Gedanken entfernt. Mehrmals hatte sie sogar ihr Handy in die Hand genommen, um ihn anzurufen. Doch sie hatte es nicht getan. In Mule Hollow würde sie ihn nicht mit ihrem Handy erreichen können, doch da er unterwegs war, wusste sie, dass sie nur einen Anruf voneinander entfernt waren.

Sie fragte sich, ob er auch mit dem Gedanken gespielt hatte, sie anzurufen.

Zufrieden mit dem vorletzten Platz auf der Liste verließ sie das Gebäude, ging zurück nach Murdoch und zuckte zusammen, als ihr Handy klingelte. In Mule Hollow klingelte es nie. Der Empfang in der winzigen Stadt war so schlecht, dass sie sogar aufgehört hatte, es bei sich zu tragen. Sie hatte es nur an ihrem Gürtel befestigt, weil sie mit dem Auto unterwegs war.

„Hallo", sagte sie, ohne einen Blick auf die Anruferkennung zu werfen.

„Mandy, ich bin's, dein Vater."

Sie erstarrte. Sie wusste nicht, was sie tun sollte. Eine langsame innere Vibration schien tief in ihr zu beginnen, als die Wut und das Gefühl des Verrats, das sie unterdrückt hatte, erwachten.

„Hi." Erstaunlicherweise zitterte ihre Stimme nicht. Da waren überhaupt keine Emotionen. Ihre Finger spannten sich an wie ihr Innerstes. Es war schwer, ihn Daddy zu nennen, wenn sie so wütend war. Ihr Magen rebellierte beim Klang seiner Stimme, obwohl ein Teil von ihr sich danach sehnte, dass sich alles, was geschehen war, in Wohlgefallen auflösen würde. Sie sehnte sich danach, dass alles wieder normal wurde.

Ihre Mutter lebte ihr Leben weiter. Seltsam, dass

sie besser mit dem Verrat ihres Vaters umgehen konnte als Mandy.

„Mandy, wann gedenkst du, nach Hause zu kommen und deine Verantwortung gegenüber der Firma ernst zu nehmen? Ich verstehe ja, dass du ein paar Wochen frei genommen hast, um dich mit dem Geschehenen abzufinden. Aber es ist Zeit, wieder zur Arbeit zu kommen. Leute verlassen sich auf dich.“

Keine Reue oder Entschuldigung. Nur Familienverantwortung – *ihre* Verantwortung. Kein Wort von seiner. Sie biss die Zähne zusammen, rang ihre Wut nieder und zählte bis drei – auf keinen Fall hätte sie es bis zehn schaffen können.

„Dad, ich komme nicht zurück.“ Es fühlte sich gut an, als sie die Worte sicher und selbstbewusst aussprach.

„Mandy–“

„Dad, ich bin nur für dich in die Buchhaltung gegangen, und ich kann das nicht mehr.“

„Mandy, du nimmst das, was zwischen deiner Mutter und mir passiert ist, viel zu persönlich. Du benutzt es als Ausrede, um dich deiner Verantwortung zu entledigen.“

„Nein, Dad, das tue ich nicht. Es ist nur an der Zeit, dass ich tue, was ich will."

Stille breitete sich zwischen ihnen aus. In ihren Gedanken konnte sie sehen, wie ihr Vater seine Lippen missbilligend zusammenpresste. Sie hatte es nie gemocht, diesen Ausdruck auf seinem Gesicht zu sehen. Sie hatte immer versucht, ihn zum Lächeln zu bringen, selbst, wenn sie dafür auf das, was sie wollte, verzichten musste. Rückblickend wurde ihr bewusst, wie egoistisch ihr Vater war.

„Es ist Zeit für dich, erwachsen zu werden, Mandy. Ich habe diese Firma aufgebaut, damit du sie eines Tages übernimmst. Es ist Zeit für dich, hierher zurückzukehren und vor den Mitarbeitern verantwortungsbewusst zu handeln. Ich bin geduldig gewesen. Deine Mutter und ich sind darüber hinweg. Es ist Zeit, dass du das begreifst. Es ist Zeit für dich, dir diesen Cowgirl-Unfug aus dem Kopf zu schlagen und hierher zurückzukommen und dich deiner Verantwortung zu stellen. Und ich meine jetzt." Dann wurde die Leitung unterbrochen. Ihr Vater hatte seine Forderungen gestellt und aufgelegt.

Mandy stand nur ungläubig da, das Telefon immer

noch an ihrem Ohr. Sie schloss die Augen und versuchte sich zu beruhigen. Sie wünschte, Kurt wäre in der Nähe, damit sie mit ihm reden könnte. Sie wünschte, sie könnte seine beruhigende Umarmung spüren.

Nach all dem, was ihr Vater getan hatte ... nach all dem Schmerz, den er ihrer Familie zugefügt hatte, hatte er ihren Traum als Unfug bezeichnet? Und sagte ihr, sie sei egoistisch?

Ihre Träume waren kein Unfug. Sie waren nicht wertlos.

„Bist du okay?", fragte ein Cowboy im Vorbeigehen. „Du siehst aus, als würdest du gleich umkippen."

Mandy lächelte ihn an. „Nein, nein. Mir geht's gut. Danke."

Er grinste. „Manchmal macht die Nervosität vor einem Rodeo das mit einem. Atme ein paarmal tief durch, bevor du rauskommst, und alles wird gut."

Mandy lächelte und beobachtete, wie der freundliche Cowboy nach drinnen ging. Jetzt vermisste sie Kurt noch mehr, doch sie drehte sich um und ging zurück, um Murdoch fertig zu machen.

Du musst deinem Vater vergeben, Mandy. Um deinetwillen. Kurts Worte fielen ihr wieder ein, als sie ging. Ihr Vater, so egoistisch und eigennützig ... und sie sollte ihm vergeben?

Lass die Bitterkeit los. Wähle selbst, wer du sein möchtest.

Mandy blieb wie angewurzelt stehen. Sie stand auf dem Gehsteig vor dem Parkplatz, als es sie wie ein Blitz traf – sie wollte nicht mehr wütend sein.

Sie wollte nicht, dass ihr Leben von ihrem Vater oder der Wut, die sie ihm gegenüber empfand, diktiert wurde.

Sie wollte diese Wut loslassen und frei von dem schweren Gewicht sein, das sie mit sich herumgeschleppt hatte. Es war unglaublich!

Sie musste mit Kurt reden. Sie wählte seine Nummer und bemerkte einen Cowboy, der aus der Richtung, in der ihr Truck geparkt war, auf sie zukam. Sein Gang war irgendwie vertraut. Sein Hut warf Schatten auf sein Gesicht, doch sein dunkles Haar ragte darunter hervor, und sie wusste, wer es war ... „Kurt!", rief sie und eilte auf den Cowboy zu. Sie wusste, dass er es war. „Kurt!", rief sie noch einmal.

Sie hätte ihn überall erkannt. Ihr Herz kannte ihn auch und donnerte gegen ihre Brust.

Als sie bemerkte, dass er sie über die Autos vielleicht nicht sehen würde, rannte sie los. Sie sprang vom Gehsteig und trat hinter einem Anhänger ins Freie. Sie winkte, während sie rannte, so aufgeregt, ihn zu sehen. „Kurt–"

Sie sah nicht, dass ein Truck um die Ecke des Gebäudes kam ... bis sie das Quietschen der Bremsen hörte...

„Mandy, kannst du mich hören?" Kurt konnte nicht klar denken, als er neben ihr auf die Knie fiel. Sie hatte ihn angesehen, als der Truck um die Ecke gerauscht kam. Er hatte sie nicht überfahren, doch er hatte sie auf den Gehsteig zurückgeschleudert.

„Mann, tut mir leid! Ich habe sie nicht gesehen."

Kurt blickte zu dem jungen Cowboy auf, der aus dem Truck gesprungen war und vor Sorge kalkweiß geworden war.

Mandy wollte sich aufsetzen, doch Kurt hielt sie fest. „Nicht bewegen", befahl er, als sie ihn direkt ansah.

„Was machst du denn hier?", fragte sie.

„Ich bin gekommen, um dich reiten zu sehen, und du wärst vor mir fast in den Tod gerannt?"

„Soll ich den Rettungsdienst anrufen?", fragte der Cowboy und trat nervös von einem Fuß auf den anderen. „Sie blutet. Siehst du ihren Arm? Oh Mann, oh Mann, das blutet. Und sie hat den Kopf am Truck angeschlagen, bevor sie auf den Gehsteig gestürzt ist."

„Nein, ich kann aufst–"

„Bitte, ruf den Rettungsdienst", unterbrach Kurt sie und betrachtete ihre aufgeschürften Hände und den Riss in ihrer Jeans. Dies war schlimmer als das eine Mal, als sie von Murdoch gestürzt war. Und sie hatte ihren Kopf an der Motorhaube angeschlagen. Kurt war froh, dass ihre Augen klar wirkten. Er glaubte nicht, dass sie schwer verletzt war, doch er wollte kein Risiko eingehen. „Bleib liegen", sagte er, als Mandy versuchte, sich wieder aufzusetzen.

„Es geht mir gut. Ich brauche nur einen Moment, dann bin ich bereit für meinen Ritt. Ich muss mich aufsetzen und mit dir reden. Ich bin so froh, dass du hier bist."

Das jagte eine Welle der Aufregung durch ihn. „Du bist von einem Truck angefahren worden, Mandy, also bleib bitte liegen." Sie schenkte ihm ein blendendes Lächeln, als sie zu ihm aufblickte. „Okay, was immer du sagst." Dass sie ohne weiteren Protest zustimmte, machte ihm Sorgen. Was, wenn sie eine Gehirnerschütterung hatte? Er sah keine Beule an ihrer Stirn, doch vielleicht hatte sie sich heftiger gestoßen als er gedacht hatte.

„Tut dein Kopf weh?", fragte er und beugte sich vor, um zu sehen, ob es eine Verletzung gab, die ihm entgangen war.

„Nein. Ich liebe dich, Kurt."

Ihre Worte ließen ihn erstarren. Er konnte sich nicht bewegen. „Du hast gesagt, dass du mich liebst? Wie viele von mir siehst du vor dir?", fragte er verunsichert.

Ein langsames Lächeln breitete sich auf ihrem Gesicht aus. „Ich sehe einen und nur einen, doch ich denke, du bist zwanzig wert." Die Menge, die sich um sie herum gebildet hatte, aahhte und oohte angesichts dieser Bemerkung, und er musste lachen. „Okay, wo ist Mandy Brown, und was hast du mit ihr gemacht?", fragte er, als die Sanitäter, die beim Rodeo Bereitschaft hatten, in ihrem Krankenwagen vorfuhren und ausstiegen.

Während der nächsten zwanzig Minuten unterhielt Mandy die Menge und die Sanitäter. Er war überrascht, als sie nur ein paar Kratzer verbanden und sie gehen ließen.

„Morgen werden Ihnen wahrscheinlich so ziemlich alle Knochen wehtun", sagte einer von ihnen. „Es grenzt an ein Wunder, dass Sie sich nichts gebrochen haben." Sie fuhren sie zu ihrem Truck, und Kurt half ihr beim Aussteigen aus dem Krankenwagen. Dann winkte sie den Sanitätern zu, und sie fuhren davon.

„Puh, ich bin froh, dass das vorbei ist", sagte sie und zwinkerte ihm zu.

Er konnte sich nicht länger zurückhalten und zog sie behutsam in seine Arme. „Mandy, du hast mich furchtbar erschreckt."

Sie schmiegte ihren Kopf an seine Brust. „Tut mir leid. Ich war ein bisschen übermütig, als ich dich gesehen habe. Aber du hattest dich doch mit Colt treffen wollen." Sie umarmte ihn.

Er strich eine Haarsträhne hinter ihr Ohr und küsste sie auf die Stirn, dankbar, dass sie okay war.

„Ich bin so froh, dass du gekommen bist. Aber was ist mit Colt?"

Ihre Worte bedeuteten ihm mehr, als sie wissen konnte. „Er ist einen Tag später dran, darum war ich nur ein paar Stunden von dir entfernt und die Entscheidung war leicht. Ich bin hergekommen, um dich zu sehen. Ich war schon früh hier und dachte, ich könnte dich überraschen. Ich wusste nicht, dass du dich vor einen Truck werfen würdest."

Sie kicherte. Er war sich sicher, dass ihr Lachen ein Zeichen dafür war, dass die Anspannung nachließ.

Ein geduldiger Murdoch beobachtete sie mit erwartungsvollen Augen. Das Pferd war bereit für den Wettkampf, genau wie Mandy. Sie würden es gut machen; er spürte es.

„Kurt", sagte sie, ohne den Kopf von seiner Brust zu heben. „Ich habe vorhin gesagt, dass ich dich liebe."

Er blieb stehen und versuchte, lässig zu sein. „Ja, ich weiß. Deshalb wusste ich, dass du dir den Kopf ziemlich hart angeschlagen haben musst."

Sie lehnte sich zurück und hielt seinen Blick fest. „Nicht *so* hart. Ich wusste genau, was ich gesagt habe. Das wollte ich dir sagen, als ich auf dich zu gerannt bin."

„Ich glaube, ich muss mich setzen."

Sie kicherte, als er den Türgriff packte und die Tür öffnete. Sofort sank er auf den Sitz und hielt sich dabei an ihr fest. Wenn es nach ihm ginge, würde er sie nie wieder loslassen. Nicht nach dem, was sie gerade gesagt hatte.

„Ich liebe dich von ganzem Herzen, Mandy. Aber was ist passiert? Warum dieser plötzliche Sinneswandel?"

„Mein Vater hat angerufen und verlangt, dass ich zu meinen Verpflichtungen in der Firma zurückkehre. Er hat meine Träume als Unfug bezeichnet und keinerlei Verantwortung für das übernommen, was er getan hat. Ich war so wütend, und dann traf es mich wie ein Blitz. Mir ist klargeworden, dass ich nicht wollte, dass all diese Wut auf mir lastet. Ich wollte mich frei und glücklich fühlen. Ich wollte wissen, dass ich die Kontrolle über mein Leben hab, was meine Einstellung und meinen Charakter betrifft. Also habe ich losgelassen und mich großartig dabei gefühlt. Ich wollte dich so dringend sehen. Ich musste mit dir darüber reden, und dann warst du da! Es war wie ein

Traum. Ich konnte einfach nicht glauben, dass du aufgetaucht bist. Ich kann es immer noch nicht glauben." Er lächelte angesichts der Freude in ihren Worten.

„Ich bin so froh, dass du die Wut loslässt. Vielleicht kannst du auch eines Tages das mit Vater wieder geradebiegen. Die Wut loszulassen und ihm zu vergeben ist eine Möglichkeit, die Tür dafür zu öffnen. Ich bin stolz auf dich. Ich wusste, dass du es schaffst."

Sie lächelte. „Das gefällt mir. Ich könnte mich daran gewöhnen, dich stolz auf mich zu machen."

Er lachte und fühlte sich großartig. Dann wurde er nüchtern. „Glaubst du, du könntest dich jemals daran gewöhnen, den Rest deines Lebens mit mir zu verbringen – weißt du, das Gesamtpaket, Ehe, Babys und ein paar nationale Rodeo-Meisterschaften?"

Sie schmiegte sich fest an ihn und umarmte ihn. „Das wäre schön. Aber wir müssten einen Plan haben."

„Das kriegen wir hin", sagte er, unfähig zu glauben, dass er sie richtig hörte.

Sie lächelten einander an und sonnten sich in dem Moment. Er zog sanft an ihrem Zopf. „Ich glaube nicht, dass das ein Problem wäre", sagte er und tat dann, wonach er sich gesehnt hatte: er senkte seine Lippen auf ihre.

Mandy küsste ihn und seufzte dann an seinem Mund. „Das Leben ist gut, nicht wahr, Kurt?"

„Es wird von Moment zu Moment besser. Ich liebe dich, Mandy Brown."

„Und genau das habe ich gerade gebraucht."

„Das hoffe ich doch, denn du wirst es in Zukunft oft hören."

„Guter Plan, Cowboy." Sie lachte. Murdoch scharrte mit den Hufen und schnaubte. „Okay, Zeit für unseren Ritt." Sie blickte von Murdoch zu Kurt. „Kommst du mit?"

Kurts Herz pochte vor Liebe und Vorfreude auf die Zukunft, die vor ihnen lag. „Jetzt und für immer, Cowgirl."

Mandy schmunzelte. „Na, *das* höre ich gerne!"

Weitere Bücher von Debra Clopton

Die Holden Brüder – Die Cowboys von Mule Hollow

Das Herz eines Cowboys

Windswept Bay

Von Diesem Moment An

Irgendwo Mit Dir

Mit Diesem Kuss & Für Immer Und Ewig

Warten Auf Liebe

Mit Diesem Ring

Mit Diesem Versprechen

Mit Diesem Schwur

Mit Diesem Wunsch

Mit dieser Ewigkeit

Die Cowboys von Mule Hollow Serie

Liebe Mich, Cowboy

Tanz Mit Mir, Cowboy

Immer Ärger mit Lacy Brown

… plus Baby macht fünf

Mein Herz gehört dir, Cowboy

Halt mich, Cowboy

Sei mein, Cowboy

New Horizon Ranch Serie

Ein Cowboy für Maddie

Ein Cowgirl für Rafe

Ein Cowgirl für Chase

Ein Cowgirl für Ty

Eine Familie für Dalton

Eine Tierärztin für Treb

Maddies geheimes Baby

Ein Cowgirl für Austin

Die Cowboys von Ransom Creek

Ihr Cowboy-Held (Vorgeschichte)

Braut zu mieten

Cooper

Shane

Vance

Drake

Brice

Über die Autorin

Die Bestseller-Autorin Debra Clopton hat bereits über 2,5 Millionen Bücher verkauft. Ihr Buch OPERATION: MARRIED BY CHRISTMAS soll sogar als ABC Familienfilm verfilmt werden. Debra ist bekannt für ihre modernen Westernromanzen, texanischen Cowboys und temperamentvollen Heldinnen. Romantik und eine Prise Humor werden immer miteinander verflochten, um den Leser zum Lächeln zu bringen. Als Texanerin in sechster Generation lebt sie mit ihrem Ehemann auf einer Ranch im Herzen von Texas und freut sich immer über Zuschriften von ihren Lesern.

Besuche Debras Website unter
debraclopton.com/deutsch

Melde dich für ihren Newsletter
www.subscribepage.com/KostenloseTexascowboyromantik

Triff sie auf Facebook unter
www.facebook.com/debra.clopton.5

Folge ihr auf Twitter unter @debraclopton

Kontaktiere sie unter debraclopton@ymail.com